복미영 팬클럽 흥망사

박지영

복미영 팬클럽 흥망사

박지영

소설

PIN
055

차례

▶부곡하와이(폐장) 가는 길

IN   11

1 복미영 팬클럽의 탄생   15
2 그래도 되는 사람   41
3 버리기 아티스트   60
4 열린 엔딩 닫기 북클럽   91
5 이모의 호환성 연구   124
6 부곡하와이(폐장)에 가자   172
7 닫힌 엔딩 열기 북클럽   204

OUT   241

작품해설   248
작가의 말   264

PIN
055

복미영 팬클럽 흥망사

박지영

> 로드맵
>
> 용맹하고 경솔한 복미영이
>
> 단 한 명의 팬을 위해 설계한 역조공
>
> 팬 서비스 이벤트는
>
> 어떻게 실패했는가

IN
지천명知天命

 소심하고 우유부단한 복미영이 스스로 복미영 팬클럽을 만든 것은 하늘의 명을 깨닫는 나이라는 지천명知天命을 지나고도 6년이 되었을, 56세가 되는 봄이었다. 물론 복미영 팬클럽의 창설이 복미영에게 내린 하늘의 명인 것은 아니겠으나, 그럼에도 복미영은 그렇게 얘기하기를 즐겼다. 굳이 이유를 말하자면 하늘의 명을 깨달았다 할까요. 아니, 제가 무슨 신내림을 받았다거나 그런 건 아니고요, 어쨌든 하늘이의 말이 계기가 되었으니 그것도 따지고 보면 하늘의 명을 받은 거라고 할 수 있겠죠.

이게 무슨 말인지 이해하기 위해서는 복미영 팬클럽이 만들어진 그 무렵 어떤 일들이 있었는지 찬찬히 들여다볼 필요가 있다. 그것은 결국 이런 질문에 대한 답이 될지도 모르겠다. 맥거핀, 헛다리 짚기는 용맹하고 경솔한 복미영의 인생을 어떻게 바꾸지 않고도 영향을 미쳤는가. 결말은 변한 게 없다고 복미영은 말했다. 맥거핀이 하는 일이란 그런 거니까요. 굳이 표현하자면 인생의 순간순간이 UHD 화질로 바뀌는 것인데, 그 선명도가 하는 일은 내용과는 상관없이, 좋아하는 것을 더 또렷하게 좋아하기를 선택하도록 만드는 일이었던 거죠. 그리고 좋아하는 것을 계속 좋아했을 때 한 사람의 세계는 어디까지 해상도를 높일 수 있는가에 대한 놀라운 체험이라거나. 그런 경험을 해본 적 있나요? 그렇게 물으며 복미영은 물 한 모금을 들이켠 후 맑은 소주라도 마신 것처럼 감탄사를 캬아, 내뱉고는 빈 종이컵에 침을 퉤, 뱉었다. 복미영의 팬들이 가장 좋아한다는 소위 '우아한' 침 뱉기는 일종의 과시 행동처럼 보였다. 이래도 날 사랑해? 소소하게 눈살을 찌푸리게 만드는 무례한 행동이란 다만 그 행동에 방어 가능한 서사를 부여하고 이해하도록 만들어 사랑을 질기고 드세게 단련시키며 팬덤의 결속력을 높이기 위한 의도된 기술처럼 보이기도 했다. 솔직한 게 좋잖아요. 솔직하고 쨍한 것. 저는 그래서인지 요즘 들어 옷도 쨍한 것이 좋더라고요. 그 말을 하며 복미영은 입고 있는 셔츠를 가리키며 웃었다. 복미영이 입고 있는 야자수가 그려진 하와이안 셔츠는 확실히 눈이 시릴 정도로 쨍한 형광 라임색이었다. 그러고 보니 팬과의 인터뷰는 처음이네요. 복미영이 내 눈을 똑바로 쳐다보며 말했다. 팬이요? 이 자리에 있는 건 복미영과 나뿐인데 팬이라니…… 저 말씀하시는 건가요? 내가 묻자 복미영이 웃으며 덧붙였다. 네. 지금은 아니라도 곧 제 팬이 되실 거잖아요. 그런가. 내가 복미영의 팬이 될 건가. 그건 내가 선택하는 게 아니라 복미영이 선택하는 일이었나. 어쩌면 그것이 우리가 복미영 팬클럽에 대해 알고자 하는 모든 것일지도 모른다. 보통은 팬들이 자신의 최애를 찾아내고 결정한다. 그러나 복미영 팬클럽은 달랐다. 복미영이 팬을 찾아냈고 팬을 선택했다. 그렇게 선택된 팬들은 어김없이 복미영의 팬이 되었다. 어떻게 이런 일이 가능했을까?

1 복미영 팬클럽의 탄생

 얼마 전 복미영은 인생에 큰 시련을 겪었다. 하루 세끼 잘 챙겨 먹고 숙면을 취하는 게 자랑이었는데, 어찌나 상심했던지 하루에 한 끼만 겨우 먹으며 잠도 못 자고 3일을 시름시름 앓았다. 최근 열렬히 덕질하던 배우 W가 대형 사고를 친 덕분이었다. 음주 운전에 뺑소니로도 모자라 불법 촬영물과 관련된 메신저 단체 방 멤버였다는 것까지 밝혀졌다. 하나로도 부족해 한 번에 세 건이나 터뜨리다니. 과연 난놈은 난놈이다, 감탄도 해보지만······.

 우리 오빠가 그럴 리 없다.

물론 30대 후반의 W가 지천명과 이순 사이, 56세 복미영의 오빠일 리 없지만 온라인상에서 활동하는 팬 복미영의 나이는 W보다 다섯 살 어린 30대 초반이었으므로 오빠라 부르는 게 어색하지 않았다. 어쨌거나 복미영은 대개의 순정한 팬들이 그러하듯 중얼거렸다. 기다려보자. 기다리면 진실이 밝혀지겠지. 우리 오빠는 그럴 사람이 아니다. 그러나 사건의 정황이 드러날수록 복미영은 인정하게 되었다. 우리 오빠는 그럴 사람이었다. 너무도 그럴 사람이었고 그에 걸맞게 그렇게 한 것이다. 쓰레기였다. 구제 불능의 폐기물이었다.

쓰레기는 어떻게 해야 하나. 버려야지. 마음의 번잡함을 줄이고 평정심을 유지하려면 생활을 단순하게 유지하는 게 중요했다. 쓰레기는 쓰레기통에. 이 간단한 규칙만 지켜도 깔끔하고 단정한 생활을 유지할 수 있었다.

이것은 학살이다, 로 시작하는 탈덕 선언문을 작성해 혼자 조용히 덕질하던 팬 계정에 올렸다. 마음 같아서는 똥물을 뿌려도 유분수지, 라고 막말을 하고 싶었으나 혹여 연결된 계정의 몇 안 되는 덕친들이 상처라도 입을까 나름 순화해서 작성한 거였다. 그것이 꽤 명문이었는지, 아니면 그저 배우 W와 그의 팬들을 조롱하고 싶어서인지, 복미영의 탈덕 선언문은 여기저기에서 재인용되며 널리 퍼져나갔다. 탈덕은 조용히, 너 같은 것도 팬이라고, 팬들의 비난 댓글이 달리기도 했지만 개의치 않았다. 좋았던 마음이 컸던 만큼 상처도 컸다. 남은 정마저 빨리 떼려면 최대한 떠들썩하게 씻김굿을 하는 게 최선이었다. 한 드라마의 대사처럼 내가 너의 가장 시끄러운 소문이 되기는 이미 글렀지만—스스로 저지른 범법 행위를 이길 소문은 없었다— 너의 가장 시끄러운 탈덕 팬은 될 수도 있겠다고 생각하며 복미영은 씁쓸히 마른침을 삼켰다.

    그동안 모아놓았던 굿즈도 재빨리 처분하기로 했다. 어디에나 어리석고 미련 많은 팬들은 있기 마련이다. 모두가 욕하고 등 돌릴 때 나만은 믿어주고 응원해주리라, 끝까지 남는 단 한 명의 팬이 내가 되겠다, 라며 이 모든 것이 고난과 역경과 시련을 견디고 마지막 진정한 팬 한 명을 선발하는

지옥의 서바이벌 게임이라도 되는 양 괜히 전의에 불타는 팬들이 안타깝지만 존재했다. 그런 팬들이 남아 있을 때, 팔 수 있는 건 팔아야 했다. 중요한 건 빠른 손절이다. 그것이 앞서 두 명의 쓰레기를 버려본 고난의 팬질 역사를 통해 복미영이 체득한 것이다.

최애를 사회면에서 보게 된 게 최근에만 벌써 세 번째였다. W 이전에 좋아했던 서바이벌 오디션 프로그램의 참가자는 학교 폭력과 사기 전과가 드러나 준결승전에서 중도하차했다. 그전에 좋아했던 가수는 잦은 태도 논란에 이어 폭행으로 물의를 빚었다. 연예인 인성 영업이 제일 부질없다는데, 늘 복미영이 꽂히는 건 최애의 그런 면모였다. '본업도 잘하는데 인성까지 좋다니!'가 늘 복미영을 쓰러뜨리는 일종의 킥이 되었다. 그랬기 때문에 타격감은 더 클 수밖에 없었다. 나는 어째서 쓰레기들만 좋아하는가. 쓰레기들만 좋아하는 취향이라니 그런 취향도 다 있나. 연달아 세 번이나 쓰레기만 좋아하다 보니 이런 의문조차 드는 거였다. 그러나 아니었다. 생각해보면 그들이 처음부터 쓰레기는 아니었다. 그랬으면 애초에 좋아하지도 않았을 거였다. 어찌어찌 좋아하다 보니 모두 쓰레기로 판명된다는 공통점이 있을 뿐이었다. 그렇다면 내가 쓰레기를 좋아하는 게 아니라 내가 좋아하면 멀쩡한 인간도 죄다 쓰레기로 변하는 것일까? 그런 생각이 들자 오래전에 들었던 이런 말이 생각나고 말았다. 나 좀 좋아하지 마. 기분 더러워지니까.

미다스의 손이 아니라 마이너스의 손. 나는 좋아하는 대상을 더러운 쓰레기로 바꾸는 능력이라도 있는 걸까?

▶

"또야? 그럴 줄 알았어. 내가 그랬잖아. 관상이 싸하더라니까."

왜 얼굴이 안돼 보이느냐, 어디 아픈 거 아니냐, 일주일 만에 만난 책 수선 모임의 회원들이 한마디씩 하기에 W의 소식을 비통해하며 전했더니, 분홍 씨가 뜯겨 나간 책등에 접착제를 바르며 얄궂게 말했다. 하여간, 같은 말도 참 정 없이 밉게 하는 재주가 있었다. 분홍 씨는 업사이클링 아티스트인 방해진이 살롱지기로 있는 문화 공간 '동네북살롱'에서 얼마 전 시작한 책 수선 모임의 장이었는데, 북 바인딩 지도사 자격증을 딴 후에는 더욱 기세가 등등해져 책 수선을 하듯 회원들의 상처 입은 마음을 고쳐준다는 명목 하에 오히려 후비고 찢어놓는 식으로 숨겨진 독설가로서의 재능을 발휘하고는 했다. 그런데 이상하지. 그래서 싫어야 하는데 복미영은 분홍 씨의 그런 점이 좋았다. 신랄하고 못된 말을 거침없이 내뱉는 그녀를 보면 찢긴 책처럼 마음 한구석이 너덜너덜해진 기분이 들기도 했지만, 수선도 안 되는 해진 부분을 돌이킬 수 없이 떨어내고 나면 그나마 속은 후련해졌다.

"어쩜 미영 씨는 매번 그렇게 쓰레기들만 좋아하니? 이 정도면 쓰레기 감별사 자격증이라도 받아야 하는 거 아니야?"

복미영도 내내 궁금하던 차였다. 자격증이라도 받을 수 있다면 그것도 나쁘지는 않겠지만, 매번 이전에 덕질한 사람과는 본업도 나이도 성별도, 때로는 국적과 MBTI까지 전혀 다른 사람을 좋아한다고 생각했는데 어째서 끝은 죄다 쓰레기인 걸까. 복미영이 이런 고민을 토로하자 분홍 씨가 말했다.

"자기야, 너무 낙담하지 마. 그것도 능력이라니까. 말하자면 미영 씨는 쓰레기 감별 아티스트인 거지. 방해진이 말하잖아. 우리 모두는 이미 관념적 아티스트라고. 각자 자신의 예술 장르가 무엇인지만 찾으면 된다고. 솔직히 말해서, 나도 처음엔 방해진이 자칭 아티스트니 뭐니 하는 거 다 개풀 뜯어먹는 소리라 생각했거든? 그런데 그래서 사는 게 재미있어지고 다채로워지면 그게 좋은 거 아닌가 싶더라. 요새 그런 게 유행인지 우리 딸만 해도 내가 집에서 빈둥거린다고 뭐라 하면 자긴 휴식 아티스트라나 뭐라나. 그러더니 나보고는 잔소리 아티스트라는 거야. 내가 그렇게 잔소리를 잘하니, 자기야?"

분홍 씨의 질문에 평소에도 분홍 씨에게 입바른 소리 좀 그만하라 타박하던 보라 씨가 누구보다 크게 웃었다. 잔소리. 조언. 충고. 훈계. 독설. 분홍 씨는 사실 아티스트 앞에 헛소리에 해당하는 어떤 단어를 갖다 붙여도 다 그럴듯하게 어울릴 사람이었다. 그러니까 또 이렇게 칭찬인 듯 입바른 소리를 늘어놓는 거였다.

"봐봐. 그래도 잔소리 아티스트보다는 쓰레기 감별 아티스트가 그럴듯하잖아. 안 그러니, 자기야? 얼마나 좋아. 이제 자기들도 누군가 좋아질 것 같으면 미영 씨한테 먼저 물어보면 되겠다. 미영 씨가 좋다는 사람만 피해도 최소한 쓰레기한테 마음 뺏길 위험은 없는 거잖아. 그리고 미영 씨도 말이야, 이제 앞으로 누군가 좋아질 거 같으면 우선 브레이크를 걸 수 있잖아. 아 참, 나는 쓰레기만 좋아했지. 그렇게 조심하다 보면 이제 덕질이든 인간관계든 사람으로 인해 상처받을 일은 줄어들 거 아냐. 내가 늘 말하잖아. 미영 씨는 다 좋은데 경솔한 거, 섣부른 거, 꼭 보상 없는 대상만 골라 성급하게 좋아하고 경솔하게 마음을 다 내주는 거, 그게 참 안타깝다고. 그러니까 앞으로 누군가가 또 좋아지면 꼭 생각해보라고. 어차피 쓰레기가 될 텐데 그래도 좋은가. 그래도 좋으면 어쩔 수 없는 거지만, 우리 나이 정도 되면 쓰레기한테 마음 쓰고 돈 쓰고 시간 버리는 거, 그런 헛짓거리는 안 하고 살아야 하지 않겠어?"

헛짓거리. 그래 헛짓거리지. 다 안다. 다 아는데,

그런데.

 그런데 있잖아, 분홍 씨, 사실 덕질이라는 건 말이야, 그 헛짓거리를 하려고, 헛짓거리를 열정적으로 몰입해서 하려고 하는 거거든. 허공에다 살을 날리는 거랄까, 꽃으로 치장한 살 같은 걸. 그러니까 좋아 죽겠다, 라는 마음 말이야, 너무 좋아서 죽을 거 같은 그런 저주 같은 걸 나비 날개처럼 투명하고 곱게 접어서 하늘하늘 날리는 거. 세상에 진짜 고결한 거, 숭고한 거, 그런 건 헛짓인 줄 알면서 하는 헛짓거리뿐인 건 아닐까?

 진짜 하고 싶은 말은 한마디도 하지 못한 채 복미영은 내뱉지 못한 말들이 입 안 가득 만들어낸 시큼하고 끈적끈적한 침만 냅킨에 퉤퉤, 뱉었다. 재생 펠트지로 만든 냅킨에 찌그러진 하트 모양의 젖은 얼룩이 생겼다.

▶

 누군가의 팬으로 산다는 건 좋았다. 마음이 가면 가는 대로 마음을 전부 내주어도 괜찮았다. 거부당할까 걱정하지 않아도 되었고 오히려 넘치는 감사를 받았다. 최애의 성공과 좌절에 함께 기뻐하고 함께 슬퍼하고 함께 분노하는 동안 지루한 삶이 지루하지 않게 느껴졌다. 결코 자신을 위해서는 가져본 적 없는 욕망과 분노와 간절한 애정을 최애를 위해 마음에 품고 성심껏 표현했다. 가끔 팬들에게 감사 인사를 전하는 최애를 보면 내가 이렇게 과분한 사랑을 받아도 되나 황송한 마음까지 들었다. 그래서 더더욱 최애가 더 많이 사랑받기를 바라며 안티들과 싸우고 악플을 찾아 신고하고 아주 작은 미담조차 최대한 포장해서 여기저기 올려 자랑하고 조금이라도 귀여운 장면은 놓치지 않고 편집해 이 귀여움을 모두 알아주기를 바랐다. 허락을 구하지 않고 일방적으로 애정을 표현해도 괜찮은 승인된 관계란 그 자체로 축복이었다.

다만 축복이 저주로 바뀌는 것도 한순간이었다. 지난 팬질을 모두 부정하고 싶게 만드는 최애라니. 최악이었다. 그러고 보면 최근 복미영의 팬질 이력은 똥차에서 똥차로, 쓰레기에서 더 냄새나는 쓰레기로 옮겨가는 암울한 흑역사에 지나지 않았다. 내가 좋아하기 시작하면 그 마음이 누군가를 더럽히고 마는 걸까, 생각하니 참담함마저 들었다. 그럼에도 왜 누군가를 좋아하는 마음을 멈출 수 없는 것일까.

사람, 문제는 사람이었다. 늘 사람을 좋아하는 게 문제였다. 그래서 한동안은 사람이 아닌 것을 좋아해보려고도 했다. 판다도 좋아하고 풍경이나 의자도 좋아하고 드라마나 영화를 열심히 보며 현실에 없는 창조된 인물을 좋아하거나 게임 속 2D

캐릭터도 좋아해보았다. 그러나 그 마음은 현존하는 사람을 덕질하는 것과는 확연히는 아니어도 미묘하게 달랐다. 사람마다 열렬히 좋아할 수 있는 분야가 정해져 있고 자신은 애초에 살아 있는 인간, 언제든 한순간에 쓰레기가 될 수도 있는 사람으로 분류되는 종만을 열렬히 좋아하는 식으로 장르가 결정된 존재라는 걸 알게 되었다. 사람에게는 살면서 다른 사람에게 쏟아야 하는 애정의 양이 정해져 있고, 살면서 마주치는 사람들과 최소한의 관계만 맺으며 감정이 깊어지지 않도록 늘 조심하는 복미영에게는 그렇게 사용되지 않은 사람에 대한 애정을 누군가의 팬이 되는 것으로 쏟아내야 할 필요가 있는 건지도 몰랐다.

복미영은 그동안 소중히 보관해두었던 W의 굿즈들, 스페셜 포토카드와 시즌 그리팅 박스, 영화에서 사용된 소품인 목장갑과 친필 사인이 적힌 한정판 후드티(한정판이라고 해서 샀는데 6개월이 지난 후에도 여전히 팔고 있고 심지어 30퍼센트 할인까지 들어간), 그리고 공식 팬클럽에 가입해서 받은 물품들을 모두 꺼내어 살펴보았다. 모두 두 세트씩으로 하나는 실사용 목적으로 구입하고 하나는 보관용으로 구입한 거였다. 그것이 복미영의 경제 사정이 허락하는 한 덕질을 위한 최대한의 지출이었고 복미영은 언제나 자신의 최대치를 했다. 그것이 누군가를 좋아하는 자신의 마음에 대한 상냥한 가치 평가이자 지출 대비 가장 보상이 큰 소비라고 믿었다. 그 마음이나 쓰임이 부질없다고는 한 번도 생각하지 않았다. 누군가는 헛돈 쓴다고, 헛짓거리에 돈을 낭비한다고, 그렇게 돈이 남아도느냐고 타박하겠지만 이런 건 헛짓거리가 아니었다.

한때 조카손녀인 하은을 돌봐주기 위해 사촌 오빠의 딸 현주의 집에 입주 이모님으로 들어가 생활한 적이 있었다. 택배로 받은 굿즈는 숨긴다고 숨겼는데도 들켰고 최애가 출연한 뮤지컬을 보고 온 어느 날 현주의 남편인 이 소장이 이렇게 말하는 걸 듣기도 했다. 현주가 이모님 용돈을—분명히 일한 대가로 받는 월급을 왜 용돈이라고 말하는 걸까? 단어에 숨겨진 의도가 너무 노골적이어서 굳이 고쳐주고 싶지도 않았다—넉넉히 드리나 봅니다. 취미 생활을 아주 각 잡고 고급으로 하시네요. 물론 웃으면서 말했고 말끝에는 농담입니다, 농담, 이라고 덧붙였다. 복미영도 알죠, 알죠, 하은 아빠는 농담도 잘해, 라고 대꾸했다. 그런 말, 농담이 아니라면 듣는 사람 마음 상할 걸 뻔히 알고 하는 말인데, 그렇게 이 소장이 밉살스러운 사람은 아니잖아, 라는 말도 덧붙일까 하다가 관뒀다. 구멍 난 주머니까지 털어 보이듯 내 속을 까뒤집는 속엣말을 해서라도 인연을 길게 가고 싶은 사람에게는 하지 않아도 될 말도 부러 했지만 아무리 인척 관계로 묶여 있고 같은 집에서, 때로 같은 변기를 사용하며 산다 해도 그저 겉치레로 충분한 사람에게는 말을 아끼는 편이 좋았다. 복미영도 나이가 들면서 유연함도 늘고 능청도 부릴 줄 알게 되었다. 농담입니다, 라고 하면 아무리 모난 말이라도 농담이군요, 하고 받는 법도 익혔다. 진짜 헛짓거리는 그런 거였다. 짜고 치는 고스톱. 어른들의 딴청. 그에 비하면 좋아하는 것을 적극적으로 최선을 다해 좋아하는 덕질은, 그런 헛발질은 얼마나 숭고한가. 물론 끝이 이럴 줄은 몰랐을 때의 이야기지만, 그렇다고 그 빛나던 순간의 기쁨이 사라지는 건 아니니까 괜찮았다.

여하튼 그렇게 소중히 모은 굿즈를 꺼내어 정성껏 사진을 찍어 중고 마켓에 올렸다. 그중에는 같은 영화를 열두 번 본 후 관람 횟수 인증 이벤트로 받은 친필 메시지가 적힌 영화 코멘터리북도 있었다. 흔한 것과 귀한 것과 하나뿐인 것까지 합리적인 가격에 올려서인지 금방 구매 요청이 들어왔다.

―직거래 원합니다. 제가 있는 곳까지 오실 수 있나요?

멍든 하늘이라는 닉네임을 쓰는 사람은 상품 상태를 확인하고 싶으니 직거래를 했으면 좋겠다고 했다. 흠집이 있는 건 흠집이 있다는 것까지 상세히 설명하고 사진을 찍어 올렸지만 팬이라면 꼼꼼히 물건 상태를 확인하고 싶은 게 당연했다. 그래서 대략 알려준 주소를 보니 경상남도 창녕. 지도에서 찾아보니 폐업한 부곡하와이 근처였다. 복미영이 거주 중인 용인에서 부곡하와이까지 가려면 판매 금액보다 기름값이 더 나올 것 같았다. 복미영은 곧 타협안을 제시했다. 직거래는 안 되고 택배만 가능한데 대신 사진과 다르면 반품을 받아주고 바로 환불도 해주겠다는 내용이었다. 그러나 멍든 하늘은 계속해서 직거래만을 고집했다. 그렇다고 본인이 움직일 생각은 조금도 없는 것 같았다. 아직 중학생이라서 멀리 이동하는 건 힘들다는 말도 덧붙였다. 할 수 없이 요청을 거절하고 거래가 불가능하다는 답을 보냈다. 그런데 그때부터 멍든 하늘에게서 욕설이 담긴 메시지가 오기 시작했다. 요약하자면 이런 내용이었다.

　―네까짓 것도 팬이라고.
　―너 같은 건 팬의 자격도 없다.
　―너 따위 팬 하나 떨어져 나간다고 해도 우리 오빠 죽지 않는다.
　―어디 가서 팬이었다고 말하지도 마라. 기분 잡치니까.

　그 메시지들은 결국 복미영이 판매를 중지하고

올렸던 물품들이 노출되지 않도록 조치할 때까지 계속되었다. 그래서 알게 되었다. 애초에 멍든 하늘은 물품 구매가 목적이 아니었다. 탈덕한 팬이 올린 굿즈들이 싼값에 거래되는 것이 보기 싫었던 것이다. 팬들의 구매력이 그 연예인의 소비 단가로 이어지고 그게 연예인의 몸값이 되는 것을 아는 까닭이었다. 아무리 쓰레기로 판명이 나도 최애를 포기하지 못하는 팬의 의리란 그런 것인 모양이다. 오빠에 대한 배신감을 인정 못 하고 다른 변심한 팬에게 화살을 돌리는 것으로 자신의 분노를 해소하려는 목적도 있을 거였다. 꼬이고 비틀린 마음이 이해가지 않는 것도 아니어서, 복미영은 그 일을 일종의 해프닝으로 넘기려고 했다. 그러나 그 말들은 쉽게 잊히지 않고 자꾸만 떠올랐다.

네까짓 게.

너 따위가.

어쩌자고 그런 말을 해서 한때는 같은 팬이었던 사람에게 상처를 주는 걸까. 사실 복미영은 답을 알고 있었다. 한때 같은 팬이었기 때문에 상처 주는 거였다. 왜 너는 한때인가. 어떻게 그럴 수 있

나. 왜 우리는 지금까지 한패가 아닌가에 대한 분노. 그 어린 증오심을 너무 알 거 같아서 안타까운 심정과는 별개로 다친 마음이 잘 회복되지 않았다. 내가 팬이 아니라면 도대체 뭐란 말인가. 이렇게 탈덕한 팬을 비난하고 저격하는 것이 그 아이, 멍든 하늘이 말하는 진정한 팬심인 걸까? 내가 40년 넘게 유일하게 꾸준히 지켜온 건 누군가의 팬이라는 정체성뿐이었는데, 너 같은 건 팬의 자격도 없다는 말을 듣는다면, 나는 도대체 무엇이 될 자격이 있는 걸까.

▶

 열다섯 살에 데이빗 보위의 팬이 된 이래 복미영은 한 번도 누군가의 팬이기를 쉬어본 적 없었다. 열여섯 살에는 전혜린의 팬이 되어 독일 유학을 꿈꾸며 초급 독일어를 독학으로 공부했고, 그다음 해인 열일곱 살에는 뉴 키즈 온 더 블록을 좋아해서 팬레터를 쓰기 위해 안 하던 영어 공부를 하기도 했다. 유재하는 그가 사망한 후부터 좋아하기 시작했는데, 교실 복도 창가에 기대어 서서 그 노래를 처음 들려준 친구 덕분이었다. 이름은 잊었지만 친구가 다이어리에 항상 넣고 다니던 친오빠의 사진과, 군에서 의문사한 오빠의 죽음에 대한 진상을 밝히기 위해 밤이고 낮이고 뛰어다닌 다던 친구 엄마가 밤늦게 집에 돌아와 친구가 끓여준 라면에 소주 한 병을 비우며 했다는 말은 지금도 기억이 났다. "소주가 왜 이렇게 다니. 너도 네 몫의 즐거움은 놓치지 말고 살아." 그래서 친구의 마이마이 카세트에는 친구를 즐겁게 해주는 유재하의 「지난날」이나 「내 마음에 비친 내 모습」 같은 노래 테이프가 들어 있었고, 복미영은 그것을 함께 듣는 것으로 친구 몫의 즐거움을 나눠 가지며 왜 어떤 즐거움은 슬픔과 같은 무게로 젖은 습자지처럼 몸 구석구석에 달라붙는가를 생각했다. 그때 복미영이 좋아했던 건 유재하였지만 그것은 다른 누구도 아닌 그 친구가 좋아하는 유재하여야 했다. 그것은 또한 친구 오빠의 의문의 죽음 이후에 남은, 진상을 몰라 제대로 애도할 수도 없는 슬픔과 그것의 진상을 밝히기 전에는 견딜 만한 것으로 만들지 않으려고 버티는 어떤 힘들에 대한 서툰 마음의 진한 응원이었다. 그렇게 조금은 그립고 애틋하게 기억되는 팬의 날들이 있었다.

　팬의 DNA란 태생부터 결정되는 거라더니 한번

촉발된 팬의 정체성은 결코 수그러들지 않았다. 그 후로도 복미영은 누군가의 팬이기를 멈추어본 적이 없었다. 가수나 배우 같은 연예인뿐 아니라 작가와 감독, 연주자와 운동선수, 친절한 동네 한의사와 필라테스 강사, 빵집 아르바이트생과 유튜버에 이르기까지 장르 성별 나이 인종 국적 생사 여부까지 가리지 않고 좋아했다. 짧으면 2주, 길게는 3년이었고 환승은 언제나 자연스럽게 이루어졌다. 최애들이 회복 불가능한 사고를 치기 전까지는 그랬다. 그런데 그런 내가 팬의 자격도 없다니.

복미영은 새삼 궁금해졌다. 팬의 자격이란 뭘까. 팬에게도 자격이란 게 있을까. 사실 팬에게도 등급이 있기는 했다. 최애가 기죽지 않도록 앨범도 많이 사고 광고하는 물품도 척척 사고 때마다 명품이며 스탭들 밥차에 커피차까지 조공하는 경제력 있는 VIP들, 대포 카메라로 우리 오빠 우리 언니 직캠을 기가 막히게 찍어 올려 새로운 팬들을 유입하게 만드는 영업 능력이 뛰어난 홈마들, 포토샵 보정을 잘해서 그렇지 않아도 예쁜 우리 아이 예쁜 모습 더 예쁘게 포장해주는 팬들, 팬픽을 잘

써서 음지의 팬들까지 끌어 모으는 필력 좋은 팬들, 각종 커뮤니티에서 여론 몰이도 잘하고 안티들에 대항해 싸우기도 잘 싸우는 말발 좋고 전투력 높은 팬들. 그런 팬들은 팬들 사이에서 쉽게 네임드가 되었다. 그런 팬들만 팬의 자격이 있는 걸까. 나 같은 건, 한때의 진심으로 그치는 나 같은 건 팬의 자격도 없는 걸까.

문득 부럽다는 생각이 들었다. 저렇게 한때의 팬에게 분노하는 심장을 가진 멍든 하늘 같은 팬을 둔 W가. 최애가 하나를 잘하면 백을 잘했다고 말해주는 팬들, 최애가 잘못한 것에 대해서 어떻게든 그럴 수밖에 없었을 이유를 찾으려고 자신의 도덕적 기준까지 바꿔버리는 팬들, 최애가 기뻐하는 모습을 보기 위해 밤새워 투표를 하고 공폰을 돌려가며 스트리밍하는 팬들, 최애가 더 많이 사랑받도록 밤새 영상을 편집하고 연기력 논란이 있을 때는 비평이론까지 공부하며 악플러들과 싸우기 위해 법적인 조언까지 받는 팬들, 그런 팬들을 가진다는 건 도대체 어떤 기분일까.

나 같은 건, 나 같은 건 평생 알 수 없는 거겠지.

그런데 나 같은 거라니. 이건 나에 대한 실례가 아닌가. 복미영은 자신이 한 번도 다른 사람에게 너 같은 것, 이라거나 네까짓 게, 라는 표현을 써본 적 없다는 걸 떠올렸다. 어떻게 사람이 같은 사람에게 그런 표현을 쓸 수 있나. 그런 상처 주는 말을 할 수가 있나. 그런데 나는 남에게는 결코 해서는 안 된다고 생각하는 말을 내게는 함부로 하고 있었다. 이건 정말이지, 실례잖아. 그러자 이런 생각이 들었다.

나 같은 것도, 아니 어쩌면 나 같은 거라서, 오히려 팬이 있어야 하는 거 아닐까?

나 같은 것에게도 팬이 있으면 좋겠다고 복미영은 생각했다. 이렇게 보호하고, 싸우고, 억지를 쓰고, 좋은 것들을 더 좋다 해주고 나쁜 것을 그래도 괜찮다 해주고 한 시간이 넘는 평범한 영상을 돌려보며 그중에 예쁜 장면 하나를 애써 찾아내어 캡처하고 보정하고 재미있는 캡션을 달아 널리 널리 퍼뜨려주는 팬. 최애들은 팬들이 어떤 모습을 좋아하는지를 통해 자신에게 있는지도 몰랐던 어여쁘고 좋은 면을 발견하고는 더 좋은 사람이 되려고,

더 상냥한 말을 하려고, 더 다정한 태도를 갖추며 더 본업에 충실하고 더 성실히 노력해서 더 프로다운 모습을 보여주려 노력하게 될 터였다. 연예인들에게 따라붙기 마련인 선한 영향력이란 말들, 기사들, 결국 그 선한 영향력을 행하게 하는 것 역시 팬들의 힘이었다. 팬들이 곧 선한 영향력이었다. 정말이지, 팬이란 존재는 대단하지 않은가. 복미영은 새삼 감탄했다. 그렇게 생각하고 보니 자신은 내내, 그렇게 대단한 팬으로 살아왔던 거였다. 그렇게 대단한 팬이었던 내가, 못할 일은 없었다. 그런 대단한 내가 내내 다른 사람의 팬만 되어주었다니, 새삼 억울하기도 했다. 그렇다면.

복미영은 생각했다. 만들자, 복미영 팬클럽. 내가 복미영의 팬이 되어주자. 까짓것, 팬질 경력만 40년이 넘었다. 그동안 안 해본 팬질이 없었다. 나까짓 것의 팬이라고 못할 게 없었다. 나까짓 것에서 나만 빼면 까짓것이 된다는 것도 좋았다. 까짓것, 나도 팬클럽 하나 가져보자. 그 생각을 하자 갑자기 움츠러든 어깨가 활짝 펴지는 기분이었다. 등을 꼿꼿하게 세우고 턱도 살짝 들어 올리니 시야도 넓어졌다. 시선이 마주친 모든 사람에게 안녕하세요, 좋은 하루 되세요, 감사합니다, 행복하세요, 같은 인사를 당당하게 건네고 싶어졌다. 팬이 생긴다는 건 이런 거구나. 복미영은 다시금 깨달았다. 이렇게 좋은 기운을 남들에게만 퍼주며 살고 있었네. 이제부터는 내가 내 팬이 되어보자. 그러자 복미영은 처음 최애를 발견했을 때와 같은 들뜨고 신나는 마음에 입 안 가득 말간 침이 고이는 것을 느꼈다. 그때 문득 그런 생각이 들지 않은 것은 아니었다. 내가 좋아하는 사람은 죄다 쓰레기였다. 물론 처음부터 그랬던 것은 아니고 결국엔 쓰레기로 판명된다는 공통점이 있었다. 그렇다면 설마 나도. 그러나 상관없었다. 이런 것은 다 맥거핀에 불과하다고, 그때의 복미영은 그렇게 생각했다.

2 그래도 되는 사람

 김지은은 복미영을 문화 공간 '동네북살롱'에서 열린 업사이클링 팝업북 전시회에서 처음 만났다. 복미영은 그렇게 알고 있겠지만 그게 진짜 첫 만남은 아니었다. 진짜는 아닌 그 첫 만남에서 김지은은 팝업북 아티스트이자 살롱지기인 방해진의 시연이 끝나는 것을 보고 바로 살롱을 빠져나가려 했다. 그러나 그러지 못했는데, 출입문 곁에 서 있던 복미영이 김지은을 붙잡고는 이렇게 말했기 때문이다.

"공짜예요."
"네?"

"뒤풀이요. 요 앞 돼지갈빗집에서. 공짜니까 먹고 가요. 두 번 먹고 가요."

복미영이 입에 침이 가득 고인 찐득한 말투로 대단한 비밀이라도 알려준다는 듯 속삭였다. 공짜라는 말을 힘주어 두 번이나 강조해서 그런지 나름 배려해주는 권유의 말인데도 어쩐지 우습고 민망하게 들렸다. 김지은이 어떻게 할까 망설이는 사이 복미영이 갑자기 마시던 종이컵에 침을 두 번 뱉었다. 그러고는 그것을 가만히 쳐다보더니 김지은의 눈앞에 침이 떨어진 커피를 들이밀며 말했다.

"예쁘죠."

"뭐가요?"

"하트잖아요. 하트. 러브."

김지은은 반쯤 남아 있는 믹스커피 위로 침으로 만든 하트가 천천히 가라앉는 것을 보았다. 이건, 뭐지? 침으로 만든 하트를, 실은 하트 같지도 않은 것을 예쁘다고 보여주는 영문 모를 행동에 김지은은 복미영의 얼굴을 쳐다보았다. 그러자 복미영이 살짝 미간을 찌푸리더니 말했다.

"미안해요."

그래. 처음 보는 사람에게—김지은은 처음이 아니라 해도 복미영은 분명히 기억을 못 할 테니—갑자기 자신이 뱉은 침을 보여주다니. 얼마나 무례하고 예의 없는 짓인가. 사과하는 게 당연하다고 생각했다. 그러나 복미영이 사과한 건 다른 이유 때문이었다.

"더 예쁜 하트를 보여주고 싶었는데."

나중에 알고 보니 복미영은 늘 그런 식이었다. 경솔하게 제멋대로 행동하고는 제 경솔함에 대해 또 경솔하게 사과를 했는데, 늘 핵심을 빗나갔다. 그 핵심을 빗나간 것, 핵심이 아닌 것, 그것만이 진짜 사과를 주고받을 가치가 있다는 듯이. 혹은 진심으로 사과가 가능한 유일한 영역이란 핵심을 둘러싼 주변적인 것뿐이며 사실 진짜 핵심은 사과를 주고받는 것 자체라는 듯이. 나중에는 김지은에게도 같은 것을 요구하며 순수한 의문을 담아 이렇게 묻기도 했다.

"지은 씨는 왜 사과를 하지 않니?"

복미영에게 그 말을 듣기 전까지, 김지은은 자

신이 사과를 할 줄 모르는 사람이라는 걸 깨닫지 못하고 있었다. 그렇다고 해서 그 말을 들은 후 김지은이 사과를 할 줄 아는 사람이 되었느냐 하면 그건 아니었다. 다만 김지은은 이렇게 말하는 사람이 되었다.

"복미영 씨도 함부로 사과하지 마요. 기분 더러워지니까."

그러면 복미영은 미소를 머금고는 이렇게 중얼거리는 거였다.

"다행이네."

그래서 뭐가요, 뭐가 다행인데요? 하고 김지은이 다그치듯 물으면 기분이 더러워지는 거. 그건 그만큼 깨끗하게 유지하려는 항상성 같은 게 제대로 작동하고 있다는 거잖아요, 하며 웃었다. 뭐 어쩌라는 거지. 하여간 사람 속 터지게 하는 데는 일가견이 있는 사람이라고 김지은은 생각했다.

그러나 그것은 나중의 일이었고, 그때의 김지은은 그저 생각했을 뿐이었다. 할 수 있겠다. 이 사람이라면. 이 사람은 그래도 되는 사람이다. 왜 성해윤이 복미영을 가리켜 그래도 되는 사람이에요,

만나보면 알게 될 거예요, 라고 했는지, 김지은은 단편적이나마 알 것 같았고 좀 더 알아보고 싶어졌다. 그래서 복미영을 따라 돼지갈빗집에 갔고, 공짜라는 맥주와 돼지갈비를 먹었다. 한쪽에서 말 없이 술을 마시며 조용히 취해가던 복미영이 거품이 사라진 맥주잔에 침을 뱉자 누군가 어우, 미영이모, 더럽게 또 저러네, 하며 혀를 차는 소리를 냈다. 냅둬, 저렇게라도 해야 식는다잖아, 또 누구 좋아하는 사람이라도 생겼나 보지, 지치지도 않나 봐, 하는 이해 안 되는 말들도 했다. 자기를 두고 사람들이 떠들거나 말거나 침 뱉은 맥주잔만 들여다보던 복미영은 갑자기 고개를 번쩍 들더니 아, 하지 마, 위대하지 마, 복미영, 하고 중얼거리고는 자신이 뱉은 침이 떨어진 맥주를 힘차게 흔들어 말릴 틈도 없이 기세 좋게 단숨에 마셨다.

　나중에 김지은은 복미영 팬클럽과 관련되어 이런 인터뷰를 하게 된다.

　"그때 그냥 집으로 돌아갔다면, 복미영을 따라간 식당에서 돼지갈비와 맥주를 공짜로 먹지 않았더라면, 무언가 달라졌을까요? 그래도 되는 사람이 생긴다는 건 내게 이런 거였어요. 내가 얼마나 후진 사람인지를 뼛속까지 알게 되는 것. 누구에게도 그래서는 안 되는 것을 누군가에게는 그래도 된다고 생각하는 순간, 나는 그래도 된다고 생각한 그 모든 후짐이 기본인 세계에서 살게 된다는 것. 하지만 그때, 복미영이 애써 닫아놓은 후진 세계의 문을 열고 들어간 건 나 자신이었죠. 위대함은 모두 나중으로 미뤄둔 채 위대하지 않은 일들을 위대하지 않은 채로 하는 후지고 다정한 세계 말이에요. 지금 생각해보면 공짜라는 말, 그 말이 우리 관계의 시작이자 이 모든 소동의 시작이었는지도 몰라요."

하지만 정작 곁에서 그 인터뷰를 들은 복미영은 이렇게 말했다.

"지은 씨."

"네?"

"공짜라면 양잿물도 마시는 게 사람인데 뭐가 문제야. 즐겨요."

▶

　그래도 되는 사람이 생긴다는 건 좋은 일이었다. 한 번도 그런 사람을 가져본 적 없는 김지은에게는 특히 그랬다. 그러나 어디까지 그래도 되는 걸까? 그 허용의 한계치를 가늠해볼 필요는 있었다. 그래도 되는 정도는 받아들이는 쪽이 인식하는 세계가 얼마나 넓고 깊은가, 얼마나 확장 가능한가에 따라 그 수용 범위가 극단적으로 달라질 수 있을 터였다. 그 세계에 진입하기 위해서는 문을 어떻게 열어야 하는지, 먼저 똑똑 두드려 안에서 열어주기를 기다려야 할지 옆으로 밀어야 할지 손잡이를 돌려 내 쪽으로 당기거나 밀어야 할지,

그런 것부터 차근차근 알아볼 필요가 있었다. 선행 학습이 필요하다는 이야기다.

그날 이후 김지은은 동네북살롱의 인스타그램 계정을 팔로우해놓고 복미영의 흔적을 쫓기 시작했다. 복미영 이름으로 된 소셜 미디어 계정은 아무리 찾아도 찾을 수 없어 궁여지책으로 그렇게라도 복미영에 대해 알고자 했다. 살롱 게시물에 복미영의 모습이 올라오는 경우는 없었지만 동네북살롱에 새로 입고된 책들의 사진이나 지역 아티스트와 컬래버한 상품들, 가끔 살롱에 들르는 길고양이 타로의 영상들을 살폈다. 그때 김지은이 보는 건 책의 사진이나 고양이의 모습이 아니었다. 그 공간과 시간을 공유하는 복미영의 일상, 복미영의 근황이었다. 김지은은 평범해 보이는 어떤 게시물이라도 기억할 만한 무언가가 숨겨진 것은 아닌지, 부활절 달걀을 찾는 심정으로 캡쳐하고 확대하고 밝기를 조정해가면서 꼼꼼하게 훑고 동네북살롱에서 추천해준 책들을 주문해 읽는 것으로 긴긴 겨울밤을 채워나갔다.

봄이 되었고, 동네북살롱의 계정에 새로운 북클

럽 회원을 모집한다는 공지가 올라왔다. 김지은은 주저하지 않고—주저하지 않았다는 것이 중요했다. 김지은이 어떤 새로운 일을 함에 있어 주저하지 않는 일이란 거의, 실상 단 한 번도 없었기에—, 온라인으로 가입신청서를 보냈고 일주일 후 답장을 받았다. '동네북살롱의 열린 엔딩 닫기 북클럽 2기 회원이 되신 것을 환영합니다.' 흔한 단체문자를 한참 들여다보았다.

매주 목요일 저녁 일곱 시 모임에 참석하는 것은 쉽지 않았다. 일산에서 용인시 처인구에 있는 동네북살롱까지, 김지은은 지하철과 광역버스를 두 번 이상 갈아타며 왕복 세 시간이 넘는 거리를 이동해야 했다. 단지 커다란 테이블 너머에서 고개를 숙인 채 대부분 다른 사람들의 이야기를 경청할 뿐인 복미영을 힐끔거리기 위해서는 결코 작지 않은 희생이 뒤따랐다. 피로한 목요일 저녁의 휴식을 반납해야 했고 세 명이 함께 일하는 편집 숍에서 평일 저녁의 이른 퇴근을 양해받기 위해 때로는 일요일 오후 근무를 전담해야 했다. 그런 것들이 그 힐끔거림을 위해 지불하는 비용이었지만 돌아오는 것은 가끔의 눈 마주침과 아주 얇게 쌓여가는 친밀감이 전부였다.

  복미영은 생각보다 더 말이 없고 수줍음이 많은 사람이었다. 사람에 대한 경계도 심해 보였다. 유일하게 대담해질 때라고는 자신이 마시던 술잔이나 커피잔에 침을 뱉을 때뿐이 아닌가 싶을 정도로. 북클럽 모임에 참가하기 위해 동네북살롱의 문을 열고 들어서며 김지은이 안녕하세요, 인사를 건네면 네, 날이 아직 춥죠, 살짝 웃으며 인사를 해주는 것, 혹시 문이 잘 닫혀 있지 않으면 나긋하게 손짓하며 문 좀, 이라고 끝말을 삼키며 닫아주기를 요구하는 것 정도가 첫 만남 이후 복미영이 김지은에게 건네는 대화의 전부였다. 그것으로 충분했나? 당연히 충분하지 않았다. 그러나 그 충족되지 않는 마음, 그 초조한 갈급함이 김지은이 원하는 것이었다. 원망이나 서운함이 애써 이동한 거리만큼 쌓여가기를 바랐다. 그래도 되는 사람에게 가할 수 있는 '함부로'의 압력 정도를 결정짓는 건 들인 정성과 투자한 시간이나 비용에 비례할 터였다. 복미영을 위해 가용 가능한 투자금은 없었기 때문에 김지은은 주로 시간을 들였고 시간 대비 보상이 적은 관계의 밀도를 성실하게 높여나가기 위해 공을 들였다. 변화는 미비했다. 그럴수록 잘게 쪼개진 섭섭함이 포자나 균류처럼 번져나가 복미영을 함부로 대하는 일에 조금의 미안함도 갖지 않도록 단단한 방어막이 되어줄 거였다. 어쩌면 그래서 일부러 거리를 두고 지켜보기만 했는지도 모른다.

그렇게 한 달이 지났을 무렵, 모임이 끝나고 집에 가려던 김지은은 복미영이 매우 피곤한 얼굴로 테이블에 남아 커피를 홀짝홀짝 마시며 이면지에 무언가를 적고 있는 모습을 보았다. 캘리그래피라도 연습 중인지 잔뜩 모양을 낸 같은 글자들이 반복해서 적힌 종이를 얼핏 보며 김지은은 가방에 넣고 다니던 비타민 사탕을 건네며 말을 붙였다.

"많이 피곤해 보이시네요."

"네, 어제 잠을 좀 못 자서요."

"무슨 일 있으셨어요?"

"그런 건 아니고요,"

복미영이 황급히 종이를 뒤집고는 수줍은 미소를 짓더니 덧붙였다.

"팬클럽 활동을 좀 하느라고요."

팬클럽이라니. 하긴 김지은도 연예인을 좋아하던 때가 있었다. 그러나 엄밀히 말하면 그 연예인이 좋다기보다는, 친구들과 무언가를 좋아하고 싫어하는 감정을 공유하는 게 좋았다. 남들이 좋아하는 것을 함께 좋아하고 남들이 싫어하는 것을 함께 싫어하면 또래집단과의 삶이 훨씬 수월해진다는 경험을 통한 깨달음을 실천할 뿐이었다. 김지은에게는 아무 관계없는 누군가를 열정적으로 좋아하거나 일방적인 애정을 쏟는 재능이 부족했다. 그런 건 확실히 재능이었다. 그렇다고 해서 그 재능 없음을 아쉬워해본 적은 없었다. 대신 김지은에게는 좋아하지 않아도 좋아하는 척하는 재능이 있었으니 그것으로 충분했다. 함께 누군가를 좋아하는 것, 서로 좋아하는 관계가 아니더라도 누군가나 무언가를 함께 좋아하는 행위가 두 사람의 관계를 빠르게 돈독하게 만들어준다는 것도 알고 있었다. 복미영이 누구를 좋아하는지 알려주면 김지은은 즉시 그 대상을 자신의 최애로 삼을 수도 있었다. 복미영의 취향이 너무 특이하지만 않길 바랄 뿐이었다.

"팬클럽이라면, 연예인인가요?"

"연예인은 아니고요."

살짝 상기된 얼굴로 복미영은 주저하며 말을 아꼈다. 왜 저렇게 한 번에 말을 안 하고 답답하게 구는 걸까. 저런 면이 복미영을 그래도 되는 사람으로 만드는 거라고 생각하며 김지은은 재차 물었다.

"그럼 누군데요? 괜찮으시면 말씀해주실 수 있나요? 팬클럽 활동까지 하신다니 괜히 궁금해지네요."

말해도 될까를 고민하는 듯, 복미영은 김지은이 건네준 비타민 사탕을 만지작거리며 소심하게 중얼거렸다.

"저요."

"누구요?"

"그게…… 복미영 팬클럽이라고."

뭐지. 너무 뜬금없다고 생각했다. 그래도 되는 사람과 자기만의 팬클럽을 가진 사람과는 간극이 너무 컸다. 김지은이 당황하는 것을 보며 복미영이 속삭였다.

"이건 우리끼리 비밀이에요. 아직 아무한테도 말한 적 없어요. 지은 씨한테만 얘기해주는 거예요."

"그런 비밀을 왜 저한테?"

김지은이 의아해하자 복미영이 확신에 찬 말투로 대답했다.

"지은 씨는 내 팬이 될 거잖아요."

"제가요?"

"네, 지은 씨가요."

그러고는 냅킨에 침을 퉤, 뱉고는 젖은 침 자국을 보여주며 덧붙였다.

"봐요. 하트잖아. 징조가 좋네요."

"무슨 징조요?"

"지은 씨가 내 팬이 될 거라는 징조. 우리가 서로 끈끈한 사이가 될 거라는 징조."

그때만 해도 김지은은 자신이 진짜 복미영의 팬이 될 거라고는 생각지 못했다. 그러나 그것은 복미영의 다른 침점들과 마찬가지로 어김없이 들어맞았다. 운명이라는 게 침이 튀는 방향으로 결정되는 게 아니라 침이 튀는 방향으로 걸어가면 그게 운명이 된다고 생각하는 사람, 침이 튄 방향으로 끝까지 걸어가서는 다 찌그러진 하트를 그리고 봐요, 내가 맞았지요, 하고 웃는 사람. 그게 복미영이었다. 하지만 그때는 그걸 알 길이 없었고, 김지은은 당혹감과 짜증이 섞인 마음으로 무례한 줄 알면서도 이런 질문을 던지고 말았다.

"제가 잘 몰라서 그러는데요, 혹시 유명하신 분이었나요?"

"저요? 에이, 아니요."

복미영이 급하게 부정하며 손을 내젓는 바람에 헐렁한 소매의 팔꿈치에 쓸린 종이들이 후두둑 바닥으로 떨어졌다. 허술하고 만만한 사람. 그래, 그래도 되는 사람이라면 짐짓 이런 모습이어야 했다. 그러나 팬클럽은 아니었다. 그런 건 자아가 비대한 사람만 가질 수 있는 거였다. 그래도 되는 사람은 가능하면 자아가 없어야 했다. 자아도 없고 자기 확신도 없고 자기부정과 자기혐오의 감정만 넘치도록 넉넉해서 누군가가 자기를 필요로 한다, 자신의 희생을 필요로 한다고 할 때 그렇게라도 자신이 쓰이고 부름받은 것에 대해 기쁘게 응할 줄 아는 사람이어야 했다. 동경하는 입장이어야지, 동경 받는 지위에 있는 사람이어서는 안 되었다. 그렇다고 생각했다.

"아니, 팬클럽이 있다고 하시니까 궁금해서요. 팬이 있다는 건 어떻든 대단하신 분이라는 건데."

"그건 아니고요."

복미영이 민망해하며 웃더니 바닥에 떨어진 종이를 주워 추스르며 중얼거렸다.

"제가 실은 좀, 그래요."

"좀 그렇다니, 뭐가요?"

"그게, 유명하지도 않고 대단치도 않아요. 그래서요."

한 번에 알아듣게 말을 좀 논리정연하게 하면 안 되나, 답답했으나 김지은은 차분히 기다렸다. 저런 면이 복미영을 그래도 되는 사람으로 만들어주면 그것으로 좋다고 생각하면서. 복미영이 말을 할 듯 말 듯 입술을 달싹거리다가 침이 고인 끈적한 말투로 마저 말했다.

"그러니까 팬클럽이 있으면 좋겠다고 생각했

어요."

 복미영은 들고 있던 종이를 내려놓고 주섬주섬 한쪽에 놓인 땅콩 껍질을 까서 올려놓았다. 모임 전 분홍 씨가 직접 볶았다며 가져와 나눠준 거였다.

 "위대하지 않으니까요. 그러니까 더 필요하잖아요, 팬클럽 같은 게. 그래서 제가 만들었어요, 복미영 팬클럽."

 그러더니 껍질을 깐 땅콩을 그대로 종이에 싸서 건네주고는 가면서 먹어요, 집까지 한참 가야 된다면서요, 하고 덧붙였다.

 "팬 서비스예요."

 그날, 집으로 돌아가는 2층 광역버스 안에서 김지은은 복미영이 쥐어준 구겨진 종이를 펴 보았다. 무엇을 그리 적나 했더니 복미영의 이름이었다. 팬에게 해줄 사인을 연습 중인 건지 한글과 영문과 한자를 섞은 여러 버전으로 된 서명이 어지럽게 적혀 있었고 심지어 그 밑에는 행복하세요, 복된 새해 되세요, 환한 진심을 담아, 감사를 전하며, 행운을 빕니다, 사랑을 담아, 좋은 여행 되세요 같은 문구들이 여러 다른 색과 질감의 펜으로 정성껏 쓰여 있었다. 땅콩을 하나씩 집어 먹으며 김지은은 그 문구들을 천천히 읽어보았다. 땅콩 하나에 복된 새해를, 땅콩 하나에 환한 진심을, 땅콩 하나에 감사와 행운을, 땅콩 하나에 사랑을, 땅콩 하나에 좋은 여행을. 그 모든 문장의 아래에는 빨간 펜으로 이렇게 적혀 있었다. 용맹하고 경솔하게. 복미영 드림.

복미영은 생각보다 뭐랄까, 스스로를 우습게 만드는 데 열과 성을 다하는 타입의 사람인 듯했다. 이런 식으로 원치 않는 팬 서비스를 남발하는 사람. 위대하지 않아서 스스로 팬클럽을 만드는 사람. 처음에는 자신을 그렇게 높이고 돌보는 사람이라면 그래도 되는 사람이 되기는 힘들겠다는 생각을 했다. 그러나 생각할수록, 그것은 오히려 긍정적인 신호로 받아들여졌다. 자기 주도형 팬클럽을 만들고 그것을 혼자만의 비밀로 간직하지 못한 채 누군가에게 발설하고야 마는 사람이라면, 그런 허영심과 부끄러운 짓도 서슴없이 행하는 실행력이 있는 사람이라면, 차라리 잘된 일이었다. 그 허영심을 용맹으로, 그 부끄러운 행동을 자신을 가꾸고 돌볼 줄 아는 자기애로 바꾸어 찬양하고 북돋아준다면, 그것을 타인을 위한 희생과 숭고한 봉사로 전환시키는 것은 오히려 쉬울 터였다. 성해윤도 알고 있을까. 복미영이 자신의 팬클럽을 만들었다는 걸. 그래서 그렇게 말해주었던 걸까. 그래도 되는 사람이에요. 만나보면 알게 될 거예요.

3 버리기 아티스트

 인생이 망하는 건 쉽다. 누군가를 좋아하면 된다. 그냥 좋아하면 안 되고 미친 듯이 좋아하면 된다. 싫어하는 거? 그것도 망하는 지름길이긴 한데, 그래도 좋아하는 것만큼은 아니다. 미움이나 증오, 분노같이 사람을 싫어하는 데 드는 에너지도 만만치 않긴 하지만 사람 좋아하는 데 소모되는 에너지만큼은 아니다. 그러니 인생 빨리 망하고 싶으면 누군가를 죽도록 좋아하면 된다. 그리고 어차피 망할 인생이라면 가장 좋은 건 누군가를 미치도록 좋아해서 망하는 것이다. 그것이 복미영의 생각이었다. 복수는 그런 식으로 진행되어야 한다고. 본인도 모르는 새 좋아하는 것을 좋아하다가 망해버리도록.

"미영아, 사지아, 이제 그만 자기 인생 살아. 내가 책 수선 전문가로서 말하는데, 책은 고쳐 쓸 수 있어도 사람은 고쳐 쓰는 거 아니라잖아. 나는 연예인한테 뇌도 의탁하고 희로애락도 의탁하고, 그런 사람 보면 이해가 안 가더라. 돈 쓰고 마음 주고 그래서 남는 게 뭐니. 인생 망할 일 있니?"

복미영이 책 수선 모임에 W의 친필 사인이 든 리뷰 북과 포토 화보집을 가져와 찢어진 페이지를 다시 붙이고 오염된 배면의 얼룩을 지우고 있자니 분홍 씨가 한마디 했다. 아직 팬심을 버리지 못해 미련스레 붙들고 있는 거라고 생각하는 모양이었다. 그것은 반은 맞고 반은 틀렸다. W에 대한 팬심은 이미 버렸다. 쉽지 않았지만 그래도 다음 스텝으로 나아갈 수 있었다. 다 W의 성난 팬, 멍든 하늘 덕분이었다. 네까짓 것도 팬이냐고 호통 치던 어린 팬. 지금 생각해보면 그 말에 왜 그리 상처를 받았는지 알 수 없다. 복미영 팬클럽을 만들고 나서 보니 나까짓 것은 W 같은 똥차에겐 매우

분에 넘치는 팬이었다는 생각이 들었다. 그러기엔 나는 너무 소중하고 귀한 사람이었다. 쓰레기한테 줄 마음의 여분 같은 건 없는 게 당연했다. 그런 쓰레기에게는 같은 팬에게 악담을 퍼붓는 멍든 하늘 같은 팬이 적격이라고, 복미영은 심술궂게 생각했다. 그래 나는 이쯤에서 발을 뺄 테니 너는 아주 오래도록 W의 팬으로 남아라. 그래서 쓰레기를 좋아하면서 너의 마음도 지옥이 되는 걸 겪어봐라. 인생은 그런 식으로 망하는 것이다. 좋아하는 것을 미친 듯이 좋아할 때, 그 좋아하는 것이 옳지도 바르지도 아름답지도 않은 나쁜 것일 때, 나쁜 것이 나쁜 냄새를 풍기며 썩어가는 것을 알면서도 놓지 못할 때, 좋아한다는 이유로 도덕관념도 가치관도 상식도 포기해버린 하찮고 어리석은 을의 인간은 같이 나쁜 냄새를 풍기며 썩어갈 수밖에 없는 것이다.

 나 정말 악랄하네, 싶으면서도 복미영은 눈에는 눈, 이에는 이로 되돌릴 줄 아는 관념적 복미영이 마음에 들었다. 복미영이 새롭게 덕질을 시작한 최애 복미영은 그런 사람이었다. 침을 뱉고 싶으면 침을 뱉고, 신랄한 말을 들으면 신랄한 말로 되돌려주기도 하는 사람. 흥이 많고 성이 많은 사람. 성난 콩기처럼 건드리면 위험한 사람. 이건 통상적인 복미영의 취향은 아니었다. 그동안 좋아했던 선량하고 다정한 최애들의 모습과는 확실히 상반되었다. 그러나 어차피 내가 좋아하면 다 쓰레기가 되는데, 처음부터 쓰레기 같은 최애를 좋아해보는 것도 나쁘지 않겠다 싶었다. 최소한 처음부터 쓰레기인 걸 알고 좋아하면 나중에 뒤통수를 맞거나 배신감이 들 위험은 없었다. 그래 봐야 내가 거둘 쓰레기고 집에서 새는 바가지 아닌가. 그게 복미영의 판단이었다. 집 밖에만 내놓지 않고 안에서 쓰다 알아서 분리수거하면 그만이었다.

어쨌든, W의 굿즈를 수선하는 이유는 멍든 하늘에게 그것을 선물하기 위해서였다. 계속해서 W를 좋아하도록 응원과 격려를 담아. 그때만 해도 복미영이 스스로 지명한 자신의 첫 번째 팬, 멍든 하늘을 위해 계획 중인 역조공 이벤트는 그런 식의 경솔한 복수심에서 비롯된 것이었다. 안티팬도 팬이라지 않던가. 그리고 안티팬에게는 안티팬에게 어울리는 팬 서비스가 있는 법이었다.

▶

　따박따박 나이를 잘 먹은 노인은 현명하게 늙어가며 하늘의 뜻도 알게 되고 귀도 순해진다는데, 복미영은 나이를 공으로 허투루 먹어서인지 느는 거라곤 노여움뿐이었다. 그 노여움이 때로는 꽤 엉뚱한 짓을 하게도 만드는데, 그중 하나가 용맹하고 경솔한 복미영 팬클럽의 창단이었다. 그러나 성난 마음을 모아 곪은 종기를 터뜨리듯 서둘러 팬클럽을 만들기는 했는데, 막상 어떤 식으로 팬질을 해야 할지는 감도 잡히지 않았다. 그동안은 이미 커다란 팬덤을 가진 최애를 좋아하며 무임승차하듯 팬질을 해왔다. 굳이 직접 나서서 뭘 하지 않아도 방구석에 앉아 양질의 덕질을 할 수 있었던 것은 좋은 것을 혼자만 즐기지 않고 나눌 줄 알고 함께 좋아할 줄 아는 능력 있는 같은 팬들 덕분이었다. 그러나 이제는 자신이 굳이 뭘 하지 않으면 이 팬클럽은 유지가 불가능하다. 굳이 무언가를 하는 것, 남이 만든 2차 창작을 즐기거나 스스로 2차 창작을 하는 것 등은 시간과 정성을 들여 좋은 것을 계속 좋아하고 거듭 좋아하고 더 좋아하도록 추진력을 잃지 않기 위해 성실히 자가 발전기를 돌리는 팬질의 기본이었다. 그리고 그런 '굳이'의 에너지를 제공하는 건 모두 열과 성을 다해 좋아할 수밖에 없게 만드는 당위로서 최애의 존재 자체였다.

돌이켜 보면 그동안 복미영의 최애들은 다들 성실하고 선량하고 상냥한 사람이었다. 실상이야 알 수 없고 나중에는 그렇지 않은 실체가 밝혀지긴 했지만, 최소한 다른 모습을 들키기 전까지는 그랬다는 이야기다. 최애가 하는 좋은 것들을 좋다, 좋다 칭찬하고 감탄하고 한 번 보고 두 번 보며 저도 모르게 따라 하고 흉내 내고 본받는 동안 한 달이, 1년이, 10년이 흘러가기도 했다. 누구의 팬인가가 그 시절 복미영이 어떤 사람인가를 설명해주는 가장 확실한 준거 자료였다. 최애가 좋아하는 책을 읽고 좋아하는 영화를 보았다. 그가 좋아하는 화가의 전시회를 찾아가고 응원하는 스포츠 팀을 같이 응원했다. 그동안 관심 없던 고대 문명에 관심을 갖기도 하고 실시간으로 프리미어리그 경기를 보기 위해 밤낮을 바꿔 생활하기도 하고 매운 짬뽕을 먹으러 여수까지 당일 일정으로 다녀온 것도 모두 최애 때문이었다. 내세울 만한 실력까진 아니어서 혼자 작업해 혼자만 보았지만 동영상 편집을 배우고 최애의 어색한 연기에 대한 지적에 반론을 펼치기 위해 연기 이론서를 읽고 사진 보정을 위해 포토샵을 익히고 작사 공부를 한다는 말에 도움이 될 만한 좋은 시와 글귀를 찾아 팬북을 만들어보기도 했다. 최애의 모든 것이 궁금했다. 잠들기 전에는 어떤 생각을 하는지, 무엇을 할 때 행복하고 어떨 때 외로운지, 맛있는 걸 먼저 먹는지 나중에 먹는지, 한없이 자신이 무력하다 느껴질 때 스스로 일으켜 세우는 법을 갖고 있는지, 최애도 오늘 나 진짜 못생겼다, 라고 생각하는 날이 있는지(설마 없겠지, 없을 거야), 슬픈 영화를 보며 함께 울어줄 친구가 있는지, 그런 사소하거나 사소하지 않은 모든 것들이 궁금했다. 그러나 정작 복미영 자신에 대해서는 궁금하지 않았다. 사실 그동안은 잘 몰라도 상관없었다. 하지만 이제부터라도 최애를 궁금해 했듯 살뜰히 알아보아야겠다고 결심하고는 최애의 팬 카페에 있는 백문백답을 참고 자료 삼아 자신에 대한 백문백답을 작성하기 시작했다. 그런데.

어쩌면 좋아. 조금도 흥미롭지 않았다. 재미가 없었다.

아무리 찾으려 해도 자신에게는 이전의 최애들처럼 덕심을 자극하고 도파민을 터지게 하는 매혹적인 요소가 없었다. 이력조차 평범하고 지루했다. 타고난 재능이라곤 팬의 DNA뿐이었다. 누군가에게 금세 반하고 한번 반하면 흠뻑 빠져서 좋아하니까 좋고 좋으니까 더 좋아하기 위해 계속 좋아할 이유를 찾고 의리와 성실함으로 전력을 다하다가 그 마음이 다하면 미련 없이 돌아서서 또 새로운 최애를 발굴해 최선을 다하는 타고난 덕질 유전자. 그 외에는 그저 생계유지를 위해 대단치 않은 일들을 대단히 성실하지도, 열성적이지도 않게 반복적으로 해왔을 뿐이었다. 집에서 돌보던 엄마와 언니를 차례로 보내고 혼자 남겨진 게 마흔 무렵. 사촌 오빠의 추천으로 운전 교습소에서 데스크 일을 보다가 운전 학원 강사 일을 시작하게 되었다. 그게 꽤 적성에 맞아 10년 넘게 해왔는데 불황으로 학원이 문을 닫고 말았다. 그때 잠시 사촌 오빠의 딸 현주 집에 머물다가 나와 시작한 게 운전 개인 연수였다. 알음알음 일이 들어오긴 했지만 수입이 안정적인 게 아니라서 희망근로 신청을 했고, 두 번째 희망근로 현장에서 알게 된 게 분홍 씨였다.

분홍 씨는 재활용품 선별장에서 똑같은 시간을 일했는데 10만 원을 더 받아갔다. 이번 분기 반장이라 그렇다고 했다. 희망근로에 세 번 신청해서 한 번은 탈락하고 겨우겨우 두 번째 선발된 복미영과는 달리 분홍 씨는 몇 년째 정기적으로 참여해온 터라 어떤 일이 쉽고 어려운지, 어디에 지원을 해야 합격할 확률이 높은지 상세히 파악하고 있었다. 대부분이 실내에서 하는 일, 시청이나 구청, 평생교육원이나 고용센터 같은 곳을 선호했기 때문에 탈락되지 않기 위해서는 야외에서 하는 일, 산림녹지나 공원 관리, 혹은 민원이 많이 발생하는 교통과나 세금 체납 독촉 일을 지원하는 편이 뽑힐 확률이 높다는 것도 행정복지센터에 희망근로 신청 접수를 하러 갔다가 마주친 분홍 씨가 알려준 것이다. 재활용품 선별 업무도 그중 하나였다. 사람들이 선호하지 않는, 기피하는 고된 업무가 있다는 건 좋았다. 그래야 고용 가능성이 높아지는 사람에게는 확실히 그랬다. 다 분홍 씨에게서 배운 지혜였다. 괜히 반장이 아니었다. 그래도 지나치게 고마워하는 일은 삼갔다. 처음에는 일하다 가끔 믹스커피도 타주고 당 떨어지지 않게 포도당 사탕도 나눠주고 근무표에 서명도 대신해주곤 해서 참 고맙다 생각했는데, 그 정도 수고야 자신도 얼마든지 할 수 있는 거였고, 반장이라고 특별히 어려운 일도 없어 보이는데 10만 원을 더 받는다는 걸 알고는 작은 친절에 지나치게 고마워지는 마음을 조절하게 되었다. 꼭 반장 자리가 탐나서는 아니고 단지 궁금해 근로 담당자에게 반장은 어떤 사람이 하는 건가 물은 적이 있었다. 그랬더니 담당자는 선정 기준을 똑바로 말해주지 않고 어물어물하더니 분홍님이 나이도, 경력도 제일 많으시잖아요. 그걸 기분 나쁘게 생각하시면 안 되죠, 했다. 기분 나쁘지 않았는데 물어본 것만으로 자신은 기분 나쁘게 생각해서 따져 물은 사람이 되었다. 나이는 차치하고 경력은 뽑아줘야 쌓여서 경력이 되는 건데, 계속 뽑아주니까 뽑히고 뽑히니까 경력이 쌓이고 그러니까 10만 원이라도 더 받는 반장이 될 수 있는 거 아닌가 싶으니 기분 나빠해도 되겠다는 생각도 들었다. 담당자가 그렇게 말한 것도 알고 보면 기분 나빠할 일이라고 생각했기 때문에 그렇게 지레짐작한 거 아닌가. 손해. 혹시 내가 손해 보는 것 아닌가 하는 생각을 자주 하는 인생에 대해서 복미영은 잠시 생각했다. 그런 단어는 떠올리지 않는 삶을 살고 싶었는데. 스스로가 어떻건 남들이 보기에는 10만 원, 단 10만 원 앞에서 손해를 보는 것 아닌가 싶어 쉽게 빈정 상하고 남을 고깝게 생각하는 사람으로 보이는구나 싶으니 복미영은 괜히 입맛이 썼다. 모두가 내 마음 같지 않고, 타인의 시선 속에서 자신은 고작 10만 원짜리도 안 되는 인품을 가진 것처럼 느껴졌다.

다음 날, 분홍 씨가 담당자에게 무슨 이야기를 어떻게 들었는지 복미영에게 물었다.

"자기 그렇게 안 봤는데 권력욕 있더라."

"권력욕이요?"

"반장은 어떻게 하면 되느냐고 물었다며? 이 자리 탐내는 거잖아. 그게 권력욕 아니야?"

"아니, 그런 게 아니라요."

복미영이 당황하며 손을 내젓자 분홍 씨가 장난스럽게 노려보다가 푹, 하고 웃더니 깔깔 소리 내어 웃었다.

"아유, 뭘 또 그렇게 당황하고 그러니. 당연히 그냥 하는 소리지. 이게 뭐 대단한 자리라고 탐을 내겠어. 물론 우리 처지에 반장이라는 타이틀보다는 10만 원이라는 돈이 적지 않으니 마냥 빈말은 아니지만."

분홍 씨가 믹스커피를 타 건네주며 중얼거렸다.

"나도 참, 고작 10만 원에 자리 빼앗길까봐 아등바등하는 거, 우습다 그지? 그러고 보면 우리 처지라는 게 참,"

"반장님, 저는요,"

가만히 듣던 복미영이 끼어들었다.

"응?"

"저는 그런 말 안 좋아해요."

"어떤 말?"

"우리 처지라는 말. 그런 말은 서로 안 했으면 좋겠어요."

복미영은 소심하고 말수가 적은 편이지만 때로는 안 해도 될 말을 해서 가끔 할 말, 못 할 말 가리지 못한다는 평을 듣기도 했다. 진솔함이 혼자 고고한 척이 되어 무리에서 따돌림 당하거나 외면당하는 일도 종종 있었다. 그러나 나이 50이 넘도록 그런 버릇은 고쳐지지 않았고 중요한 건 고치고 싶지도 않다는 것이었다. 그래도 그런 그를 불편해하지 않는 사람과는 오래 인연을 이어갔는데 분홍 씨도 그런 사람이었으면 싶었다. 분홍 씨가 가만히 복미영을 보다가 복미영에게 주먹을 내밀었다. 복미영이 의아해하자 자신처럼 주먹을 쥐고 내밀어 보라는 시늉을 해서 그렇게 했더니 분홍 씨는 언젠가 복미영도 영화에서 본, 거리의 형제들이 하는 것처럼 주먹을 서로 부딪치게 하고는 말했다.

"그래, 우리끼리는 그런 말 하지 말자."

그러고는 덧붙였다.

"복미영 씨, 마음에 든다. 나 오늘 일 끝나고 동네북클럽 모임에 가는데, 같이 가볼래?"

▶

　분홍 씨가 데려간 문화 공간 동네북살롱의 열린 엔딩 닫기 북클럽은 복미영이 지레짐작한 것처럼 책을 읽는 모임은 아니었고, 버려진 헌책을 수선하거나 해체하고 다시 묶어 새로운 형태로 복원하는 책 수선 모임이었다. 북 바인딩 지도사 자격증도 있다는 분홍 씨를 따라간 그곳에서 복미영은 살롱지기이자 업사이클링 팝업북 아티스트라는 방해진의 책 수선 강좌를 들었는데, 책을 원래의 기능과 형태대로 복원하는 것뿐 아니라 아예 다른 오브제로 바꾸는 것도 이 북클럽에서 허용되는 수선의 한 방법이라는 걸 알게 되었다. 분홍 씨의 경우에는 양장본 책들의 가운데를 뚫고 흙을 채워 화분을 만들어 그것으로 소소한 용돈 벌이도 한다고 했다. 그렇게 잘라낸 페이지는 동네북살롱에 놓인 오래된 난로의 불쏘시개로 사용했는데 난로에도 이름이 있었다. 화씨 451. 같은 책 수선 모임의 고동 씨는 오래전 절판된 자신의 단 한 권뿐인 책『되고야 마는 배고동』이 도서관 제적 세일에서 천 원에 판매되는 걸 보고 그것을 구입해서 수선을 하기 위해 책 수선 모임에 참여하게 되었다고 했다. 책의 물리적인 낡음이나 변질된 상태보다 고동 씨가 수선하고 싶은 건 책의 내용이었다. 자신의 책이 아무래도 요즘 사람들이 좋아하는 사이다처럼 개운한 꽉 닫힌 결말이 아니라 비극에 가까운 열린 결말인 게 독자들에게 외면당한 이유라고—책을 읽어본 분홍 씨의 의견으로는 그것만이 문제는 아니라고 했지만— 혼자 생각한 모양이었다. 그래서 이렇게도 고쳐보고 저렇게도 고쳐보았으나 어느 것 하나 마음에 들지 않았고, 결국 책은 여전히 열린 엔딩인 채로 제목만 '되다 만 배고동'으로 바뀌어 수선 중이라는 스티커가 붙은 상태로 작업 책장에 놓이는 처지가 되었다. 그동안 고동 씨는 하나씩 사라지는 동네의 작은 도서관에서 제적 세일로 파는 낡은 책들을 구입해 해체한 후 서로의 결말을 바꾸어보거나 자신이 원하는 방향으로 결말을 다시 쓰는 식으로 책 수선을 계속했다. 고동 씨가 가장 좋아하는 결말은 닐 사이먼의 희곡 『굿 닥터』에 나오는 작가의 대사와 일치했다. 『굿 닥터』에서 작가는 언젠가 책을 쓰게 되면 서른일곱 개의 이야기가 모두 똑같이 끝나도록 할 계획이라고 말했다. 모두가 500만 루블의 유산을 상속받고 끝나는 것. 그것이 진짜 닫힌 결말이라고 고동 씨는 감탄했다. 그래, 어쩌면 세상의 모든 이야기는 그렇게 끝나야 하는 것 아닐까? 그리하여 고동 씨는 자신이 가진 모든 책을 그렇게 꽉 닫힌 해피엔딩으로 바꾸기 시작했다. 에드거 앨런 포의 『도둑맞은 편지』는 『도둑맞은 편지가 행운의 편지였던 건에 관하여』로 바뀌었고 『어셔가의 몰락』은 『몰락한 어셔가도 일으키는 부자의 천기누설 시크릿』으로, 『검은 고양이』는 『저주받은 검은 고양이인 내가 이 세계에선 축복의 화신?』이 되었다. 어차피 그 책을 읽는 건 고동 씨뿐이었으니 고동 씨라도 행복하게 만드는 결말이라면 그것으로 좋다고 복미영은 생각했다. 사람의 결말도 그렇게 제 입맛대로 고쳐 쓸 수 있다면 얼마나 좋겠느냐만.

"있잖아, 자기야. 내가 책도 수선하고 옷도 수선하고 고쳐 쓰는 데는 일가견이 있잖니? 근데 사람은 말이야, 고쳐 쓰는 게 아니더라. 내가 늘 이야기하잖아. 사람이건 물건이건 제때 제대로 빨리 버리는 것도 소중하게 간직했던 자기 마음에 대한 예의고 배려라고. 그러니까 쓰레기다, 싶으면 빨리 버려. 그게 자기 인생을 쓰레기 처리장으로 안 만드는 비결이라고."

자칭 수선의 대가인 분홍 씨가 답답한지 자꾸 같은 충고를 늘어놓았다. 복미영도 알고 있었다. 버리는 것, 잘 버리는 것이 때로는 잘 간직하는 것보다 중요하다. 특히 소중히 간직했던 것일수록 제때 잘 버릴 줄 알아야 한다. 그것이 한때의 진심에 대한 예의다. 그렇기 때문에 책 수선 모임에 W의 굿즈들을 가져와 수선도 하는 거였다. 잘 버리기 위해서. 복미영은 그것을 할 줄 알았고, 누구보다 잘 해내야 했다. 왜냐하면 복미영은 버리기 아티스트니까.

 복미영이 버리기 아티스트라는 걸 각성하게 된 건 얼마 전 받은 W의 팬 멍든 하늘의 메시지 덕분이었다. 그때만 해도 자신이 좋아했던 오빠가 쓰레기라는 걸 인정하지 못하고 같은 팬이었던 사람에게 그 배신감과 좌절을 거듭 표출하는 어린 팬의 악의가 담긴 메시지들이 괘씸하면서도 안쓰러웠다. 어떤 마음은 끝까지, 할 수 있는 데까지 다 써버려야 겨우 멈출 수 있게 된다. 그래서 처음에는 좋은 마음으로 멍든 하늘에게 중고마켓에 올렸던 W의 굿즈들을 공짜로 보내주겠다는 메시지를 보냈다. 그러고 나면 멍든 하늘도 더 이상 나쁜 메시지들을 보내지 않을 거라고 생각했다. 그러나 잠시 후, 욕설과 함께 이런 메시지가 왔다.

―뭐가 이렇게 쉬워. 아줌마는, 아줌마는 버리는 게 그렇게 쉬워요?

쉽지 않았다. 복미영에게도 버리는 것은 쉽지 않았다. 쉽지 않기 때문에 해야만 하는 일들이 있었고 그래서 그냥 해보았더니 자신이 할 수 있는 사람이라는 걸 알게 되었을 뿐이었다. 할 수 있는 걸 알아서 한 게 아니라 하고 보니 할 수 있는 사람이 된 것뿐이었다. 누군가를 버리는 게 이번이 처음은 아니었고 마지막도 아닐 거였다. 그리고 보니 복미영 팬클럽도 '네까짓 것'에서 '네'를 버려서 가능했던 거였다. 그렇다면 까짓것. 나를 버리기 아티스트라고 하자. 그것이 지천명과 이순 사이, 복미영에게 56년 만에 도달한 하늘의 명이자 복미영의 첫 번째 팬, 안티팬 멍든 하늘의 계시였다.

▶

 버리는 거라면 원체 자신 있었다. 복미영이 재활용품 선별장에서 희망근로를 한 것 역시 분홍 씨의 추천도 있었지만 재활용품 선별에 자신 있었기 때문이었다. 현주의 집에 있을 때는 재활용 분리배출을 예술적으로 잘한다는 칭찬을 이 소장에게 종종 듣곤 했다. 그것이 쓰레기 하나 제대로 분리해버릴 줄 모르는, 모르는 게 아니라 하지 않아도 대신해줄 사람이 있으니까 굳이 알려 하지 않는, 귀찮음과 번잡함을 미루고 외면한 값으로 이 소장이 할 수 있는 최선의 배려가 담긴 말이라는 걸 모르지 않았다. 마치 자신은 복미영의 쓸모를 만들어주기 위해 할 수 있지만 일부러 안 한다는 식의 거들먹거리는 태도가 그 말 안에 담겨 있기도 했다. 그런 것들, 그렇게 일부러 만들어주는 '허드렛일'들이 자신의 비빌 언덕이 되는 것을 복미영은 누구보다 잘 알고 있었다. 그러므로 사소한 모멸감은 얼마든지 버릴 수 있었다. 복미영이 진짜 예술적으로 잘 버리는 건 그런 것이었다. 수치심. 모멸감. 울분. 억울함. 빈정 상함. 원망. 그런 지저분한 감정의 단어들. 그런 것들을 버리는 건 누워서 침 뱉기처럼 쉬웠고 그렇게 버려진 감정들은 언제나 복미영 자신에게 고스란히 떨어져 복미영을 더럽혔다. 그렇게 어떤 것은 버려지는 동시에 복미영에게 끈적하게 달라붙어 냄새를 풍기기 시작했다.

현주의 집에서 입주 이모님으로 지내는 동안 숙식을 제공받는다는 이유로 월급은 평균 시세보다 형편없이 적게 받았다. 그것도 이 소장은 뭐가 못마땅한지 용돈이라고 불렀고, 사실 액수로 보면 월급이 아니라 용돈에 가까운 것도 사실이었다. 그래도 아픈 언니와, 아픈 언니를 돌보느라 복미영까지 신경 쓸 여력이 없던 엄마와 생활하며 사촌 오빠 가족에게 도움 받았던 걸 떠올리며 그 모든 불합리를 감내했다. 마음의 빚을 갚는 심정으로 시작한 거였으니 그러려니 하며 넘겼는데 1년 반이 지나자 도움 받은 것을 아무리 감안해도 사채를 쓴 것보다도 더 많은 이자를 붙여 갚고 있다는 생각이 들기 시작했다. 분명히 내 몫의 일을 하며 머무는데도 군식구로서 어쩔 수 없이 눈칫밥을 먹게 되는 것도 갈수록 불편해졌다. 완전한 남이고 일로만 엮인 사이라면 차라리 편했을지도 모른다. 그러나 친척 이모이자 집안일을 맡아 하는 이모님이라는 이중적 역할에는 분명한 경계가 없어서 더 껄끄러운 미묘한 순간들이 있었다. 그건 어쩔 수 없는 일이라고 생각했고 어쩔 수 없는 일에 굳이 불만을 품지는 않으려 했다. 그게 정 불만이면 그 집에서 나오면 될 일이었다. 복미영은 지금 자신이 가진 돈으로 구할 수 있는 집의 사정이 어느 정도일지 알고 있었다. 마음이 편한 것과 몸이 편한 것. 둘 다를 만족시킬 수는 없었고 둘 중 하나를 선택해야 한다면 몸이 편한 쪽이 나으리라 생각했다. 적어도 현주의 집에서는 추울 때 춥지 않고 더울 때 덥지 않게 지낼 수 있었다. 그런데 그 마음이 달라진 건 수전 손택 때문이었다. 그 모든 무례함도 다 견뎠는데 생뚱맞게 수전 손택이라니.

한번은 현주가 출장 가 있는 사이 이 소장이 친구들을 데려왔다. 술안주를 따로 부탁한 건 아니지만 마침 사놓은 바지락이 있어서 바지락술찜을 하려고 해감을 하며 식탁에서 잠깐 책을 읽고 있는데 이 소장이 와인을 가지러 왔다가 그 모습을 보았다. "뭘 읽으세요?" 묻기에 표지를 보여주니 얼핏 입가에 미소가 번지더니 "이모님, 그 책 재미있으세요?" 하고 또 물었다. 그래서 "네, 흥미롭네요." 대답하니 혼자 뭐가 그리 웃긴지 후후 웃고는 거실로 나갔다. 잠시 후 복미영이 바지락술찜을 거실에 가져다주고 하은이 자고 있는 방으로 들어가는데 뒤에서 이 소장이 정훈희의 LP판을 틀며 친구들과 나누는 대화가 들렸다. "야, 너네 이모님은 이 밤중에 바지락술찜도 만들어주시네?" 누군가 센스 있다며 감탄하자 이 소장이 왜인지 아주 재치 있는 농담을 하는 사람같이 뽐내는 말투로 대꾸했다. "야, 우리 집 이모님은 수전 손택도 읽어."

그건 어떤 의미였을까?

그때 복미영이 읽던 것은 수전 손택의 책 『은유로서의 질병』이었다. 그것은 얼마 전 유방암을 진단받았다는 지인의 소식을 듣고, 샤워할 때마다 가슴을 꼼꼼히 만지며 자가 진단을 하는 것과 함께 복미영이 언제든 질병에 잠식당할 수 있는 몸, 특히 여성적 질병인 유방암을 유방암을 겪은 작가들의 글을 읽으며 이해해보려는 시도였다. 그런데 그것이 이 소장에게는 어떻게 비쳤던 걸까. 이 소장은 왜 그 말을, 딱히 기능적으로 꼭 필요한 옵션은 아니지만 보기에는 그럴듯한 고사양의 옵션이 추가되어 쓸데없이 비싼 어떤 가전제품을 언급하듯이, 혹은 실용성뿐 아니라 아는 사람만 알아보는 디자인적인 요소가 가미된, 필수적인 요소 외의 불필요한 요소를 강조함으로써 일부 특정 계급을 위해 특화된 소수 취향의 가전제품을 자랑이라도 하듯, 그렇게 말했던 걸까. 이 소장의 질문을 다시 곱씹는 동안 왜 그렇게밖에 대답하지 못했는지 후회가 되었다. 지금이라면 복미영은 이렇게 대꾸

할 거였다. "이 책이 재미있느냐고요? 네, 똥 싼 엉덩이 하나 제대로 못 닦아서 남의 이모한테 똥 묻은 팬티를 빨아달라고 내미는 마흔 넘은 저명하고 점잖은 조카사위의 팬티를 빠는 것보다는 확실히 재미있네요."

물론 이 소장이 나쁜 의도로 그런 말을 하지 않았다는 건 안다. 그러나 어떤 나쁜 의도 없이, 순수하고 무지성적으로 차별적인 말을 하고 그것을 같은 집단 내의, 자신과 사회적 계급적 동류라고 생각하고 정서를 공유하는 집단과의 유머 코드로 쓸 수 있는 사람이라는 것, 자신이 그런 사람 밑에서—밑에서!— 이모님을 멸칭으로 사용하는 사람의 집에서 이모님으로 머문다는 것에 대해서 복미영은 다시 생각해보기로 했다. 그리고 현주가 출장에서 돌아온 후, 그 집에서 나가겠다고 통보했고 현주도 붙잡지 않았다.

그때 이 소장의 질문에는 이런 말이 생략되어 있었다.

이모님 (주제에). 이모님 (깜냥에).

이 소장이 생략한 (주제)라는 말, (깜냥)이라는

말, 이모 뒤에 붙어 쓰레기가 되어버린 그 말이 다른 것들을 오염시키지 않도록 복미영은 현주의 집을 나서며 그것들을 주워 같이 데리고 나왔다. 그리고 그 말들을 탈탈 털어 햇볕에 바짝 말린 후 이모 뒤에 붙어 더 이상 쓰이지 못하도록 분해해서 잘 버렸다. 그것이 복미영이 처음으로 자신의 버리기 기술을 예술적으로 사용한 기억이다.

―이모님 주제에, 이모님 깐냥에.

그날을 떠올리며 복미영은 자신이 예술적으로 버린 다른 것들도 적어보았다. 분홍 씨와의 대화에서 버린 '처지에'도 기록해둘 만했다.

―우리 같은 처지에.

'우리 같은 처지에'라는 문장에서 '처지에'를 빼자 '우리 같은'만 남았다. 우리 같은. 그것만으로는 아무것도 알 수 없지만 '우리'도 있고 '같은'도 있으니 그 두 개가 합쳐진 '우리 같은'으로는 무엇도 될 수 있고 어떤 것도 할 수 있을 것 같았다.

안티팬 멍든 하늘과의 대화를 통해 버린 것도 있었다.

—네까짓 것.

'네'가 가리키는 '나'를 버리니 남는 것은 '까짓 것'뿐이었다. 복미영은 이 말이 꽤 마음에 들었다. 어떤 일이건 앞에 '까짓것'을 붙이면 용맹하고 경솔하게 시작해볼 수 있을 것 같았다. 까짓것, 어떻게든 되겠지. 그 말은 뒤에 붙여도 같은 추진력을 가져다주었다. 어디 한번 해보자, 까짓것.

마지막으로 복미영은 통상적 복미영과의 대화도 복기해보았다. 그리고 통상적 복미영이 버릇처럼 해온 말 중 하나를 버렸다.

—나는 아마 안될 거야.

줄곧 통상적 복미영을 억압해왔던 말, '안'을 버리고 나니 남는 것은 '나는 아마 될 거야'라는 문장

뿐이었다. 단지 한 글자만 버리면 되는 것을 왜 그리 붙들고 있었을까. 어쩌면 통상적 복미영과 관념적 복미영의 차이는 자신을 구속하는 한 글자를 버리느냐, 버리지 못하느냐의 차이인지도 몰랐다.

이런 식으로 기록하다 보니 복미영은 자신이 진짜 버리기 아티스트가 된 것 같았다. 뭘 또 버릴 수 있을까, 자꾸만 제 인생의 군더더기들, 군살들을 헤집어보게 되었다. 중요한 것은 이왕 버릴 거면 아주 시끄럽게, 잘 버렸다고 소문이 나도록 북을 치고 장구를 치며 떠들썩하게 버려야 한다는 거였다. 그것이 팬클럽이 하는 일이니까. 최애가 본업을 얼마나 잘하는지, 방방곡곡 울려 퍼지게 만드는 게 팬의 즐거움이고 팬질의 보람이니까. 사실 팬들의 기를 살려주기 위해서는 다른 거 다 필요 없고 본업을 잘하는 게 최고였다. 그러니 관념적 복미영이 할 일은 더 잘, 더 예술적으로 버리는 걸 고민하고 실천하는 일이었다. 그렇게 하나씩 버리다 보면, 어쩌면 진짜 꽤 근사한 버리기 아티스트가 될 수 있을지도 몰랐다.

오래 가지고 있던 묵은 짐들을 버리는 것은 자

기 안에 방방 뛰고 점프하고 공중곡예를 넘고 설레 공간을 확보하는 일이었다. 불필요한 짐들에 막혀 열지 못한 문을 가볍게 열고 바깥을 만나는 일이었다. 몸 안에 빈 공간을 만들어 자신이 커다란 소리를 내는 북이 될 수 있다는 것을 깨닫는 일이었다. 복미영은 이왕이면 신문고, 아니다, 그건 너무 거창하다, 그저 아주 작은 동네북이 되고 싶어졌다. 그래서 누구든 도움이 필요하거나 외로울 때 와서 둥둥 북을 치고는 그 북소리에 놀라 잠에서 깬 개가 짖으면 그 개 짖는 소리에 누군가가 창문을 열고 개 짖는 소리 좀 안 나게 하라고 크게 소리치고, 그러다 누구도 잠들지 못하는 소란스러운 밤이 누구도 외롭지 않고 누구도 편하지 않게 떠들썩하게 지나가는 꿈을 꾸게 되었다. 관념적 아티스트로서 관념적인 다른 세계, 열린 문 밖의 세계를 그려보게 만드는 일, 어쩌면 이런 게 동네북살롱의 열린 엔딩 닫기 북클럽이 진짜 하는 일인지도 모르겠다고, 복미영은 생각했다.

4 열린 엔딩 닫기 북클럽

 문화 활동가 방해진이 살롱지기로 있는 동네북살롱은 말 그대로 동네북들이 모여 북을 치고 장구도 치는 살롱인데 처음부터 그걸 의도했던 것은 아니었다. 한때 우디 앨런의 영화 「미드나잇 인 파리」를 보고 거트루드 스타인의 살롱문화에 깊이 매료된 방해진은 동네북살롱을 자신을 용인시 처인구 역삼동의—알다시피 서울특별시 강남구 역삼동은 진입 장벽이 너무 높다— 거트루드 스타인으로 만들어줄 거점으로 삼기로 했다. 그리하여 꽤나 의욕적으로 지역 아티스트들과 연계해 '미드나잇 인 용인'이라는 밤의 전시회도 열고 문화 강좌도 하고 때로 바자회나 단편영화 상영회도 했던 거 같지만, 그것으로 운영비를 충당할 수는 없었고 그나마 근근이 버티고 있는 것은 지역문화 활성화 사업에 선정되어 받은 지원금 덕분이라고 했다. 자격을 유지하기 위해서는 눈에 보이는 성과들이 필요했는데, 그래서 시작한 것 중 하나가 동네북클럽이었다.

문제는 동네북클럽 모집 안내문을 붙이자 방해진의 예상과는 달리 그야말로 동네북들, 한 번쯤 동네북 취급을 받으며 여기저기 조리돌림 당하고 두들겨 맞아본 사람들이 모여들어서는 책을 읽고 책에 관해 토론하기보다는 내 인생을 쓰면 대하소설감이라는 등 사실 현실이 소설보다 더 기가 막힌 법 아니냐는 등 자신들의 이야기를 한번 들어보라고 한탄하고 하소연을 하는 통에 결국 방해진은 이런 결단을 내리게 되었다고 한다. 이럴 거면 아예 그냥 동네북클럽의 정체성을 휴먼북클럽으로 합시다. 할 말이 있는 사람은 시작하기에 앞서 중앙에 엎드려 등을 내놓고 인디안 밥을 외치는 회원들에게 등짝을 두들겨 맞는 것으로 모두

발언을 대신하자고요. 그러자 북클럽 회원들은 내가 다른 데서도 동네북인데 여기 와서까지 동네북 취급을 받아야겠느냐며 언성을 높였고, 누군가는 그런데 왜 하필 인디안 밥인가요, 그런 표현은 지양해야 하는 것 아닌가요, 했고, 그건 지양이 아니라 지향 아닙니까, 했다가 지양과 지향도 구분 못 하나요, 무식하기는, 아니, 무식한 게 누군데 누가 누구보고 무식하대, 라고 논쟁을 시작했고, 그래서 인디언이란 표현이 인종 차별적 표현이냐 아니냐, 그러면 그 벌칙을 대신할 다른 게 있느냐, 나는 인디안 밥 과자가 그렇게 맛있더라, 요새도 인디안 밥이 나오나요, 우유에 말아 먹어도 맛있는데, 하고 떠들어댔고, 그래서 결국 방해진이 다 시끄럽고요 합죽이가 됩시다 하나 둘 셋, 을 외친 후에야 겨우 조용해졌고, 다음 날 근처 초등학교 앞 문방구, 문구점이 아닌 문방구에 가서 소고와 북채를 사다 걸어놓고 앞으로 할 말이 있는 사람은 이 북을 치고 시작하자고 제안하는 것으로 끝이 났다.

그렇게 시작된 동네북클럽은 모임이 계속되는 동안 여러 가지 형태로 진화하게 되었다. 처음에는 이 안에서 나눈 이야기는 우리끼리만 아는 비밀이니까 외부 유출 금지라며 손가락 꼭꼭 걸고 약속하는 폐쇄적인 방식을 채택했다. 그러나 열두 명의 북클럽 회원 중에는 낮말을 듣는 새도 있고 밤말을 듣는 쥐도 있어서 그것이 지켜지기 힘들다는 걸 알게 된 후에는 외부에 발설할 거면 원작자를 철저히 숨길 것, 원작자를 모르는 구전설화의 형태로 공유할 것, 그러므로 얼마든지 각색과 사소한 디테일의 수정이 가능할 뿐 아니라 결말까지도 적극적으로 바꾸는 것이 권장되었다. 이야기의 시작은 그 일을 겪고 말을 꺼낸 본인이었지만 이야기의 결말은 누구라도 맺을 수 있는 것, 구체적인 세부사항도 얼마든지 수선 가능한 것 등으로 바뀐 데에는, 사실 동네북의 사연이란 게 듣다 보면 재능 있는 악플러인 드라마 퀸 다홍 씨의 이야기나 뮤직 복싱체육관 관장님인 맷집 좋은 보라 씨의 이야기나 자신의 글이 가장 인정을 받은 순간이 동네 북클럽에서 들은 사연을 각색해 라디오 컬투쇼에 보내어 채택 기념상품으로 열무김치 4킬로그램을 받은 거라며 자랑 아닌 한탄을 하는 웹 소설 작가

노랑 씨의 이야기나 모두 고만고만한 고통과 상처와 억울함과 불행을 담은 거기서 거기라서 가능한 일이기도 했다. 그 이야기들은 그래서인지 대체로 이런 식으로 끝이 났다. 너나 나나.

그 동네북클럽이 해를 넘겨 '열린 엔딩 닫기 북클럽 2기'를 시작하면서 새로 정식 멤버가 된 게 김지은이었다. 김지은이 첫 모임에서 처음 뵙겠습니다, 라고 인사를 하자 복미영도 다른 회원들과 마찬가지로 반갑습니다, 처음 인사드려요, 라고 했지만 그때 이미 복미영도 김지은이 누구인지, 왜 굳이 경기 북부에서 경기 남부까지, 두 번의 지하철과 한 번의 마을버스를 갈아타고 두 시간 가까이 걸려 와야 하는 이 먼 곳의 북클럽까지 찾아오게 되었는지 나름의 추측을 하고 있었다는 건 2기 모임이 끝난 후에야 밝혀지게 된 사실이다.

어쨌거나 그렇게 모인 사람들은 북클럽을 진행하며 완독하지 못한 책을 완독하기도 하고 쓰다 만 글을 완성하기도 하고 또 마음에 안 드는 결말은 다르게 바꿔보기도 하면서 열린 결말을 하나씩 닫아보는 연습을 하게 되었다. 그렇게 책 안에서 저마다 북도 치고 장구도 치고 놀다 보니 슬금슬금 누군가는 벽도 치고 물장구도 치고 탬버린도 치고 샌드백도 치게 되었는데, 방해진의 경우에는 열린 엔딩 닫기 북클럽 활동이 곧 자신의 열린 엔딩을 닫는 이야기의 시작이라고 했다. 그래서인지 모임이 끝나고 뒤풀이를 할 때면 방해진은 혼자 벅차올라 이런 소회를 장황하게 밝히곤 했다.

"저는 말입니다, 우리의 북클럽이 큰 북 작은 북 할 때의 그 북클럽이기도 하다고 생각합니다. 우리가 각자의 자리에서 자신의 중단된 이야기를 닫기 위해 나아갈 때, 그것은 좋은 파동이 되어 옆 사람의 등을 두드려주는 응원이 됩니다. 그리고 누군가 등을 두드려주면, 우리는 모두 나만의 소리를 내는 북이 될 수 있습니다. 동네북이 된다는 건 그렇게 의미 있는 일인지도 모릅니다. 그 북소리를 좀 더 명징하게, 맑게 울리도록 내 안의 울림통을 키우고 탄력을 유지하는 것, 그것이 우리의 열린 엔딩 닫기 북클럽이 나아가야 할 방향이 아닌가 생각합니다."

그런 일장연설을 할 때면 방해진은 자신이 꽤

어 맞춘 북클럽의 중의적 의미에 스스로 기특해하는 게 느껴졌다. 김지은은 그 모습이 우습다고 생각했지만 한편 귀엽기도 했다. 다른 사람에게 우습게 보인다는 건 뭔가 다정하고 귀여운 일이라는 생각도 들었다. 우스워지고 싶다. 더 우스워지고 싶다. 뜬금없이 그런 마음도 들었다. 그래서 생각해보니, 자신은 이미 그런 사람을 한 명 알고 있었다. 김지은은 복미영을 돌아보았다. 혼자 흥에 겨워 맥주잔에 침을 뱉고는 골똘히 그것을 들여다보며 헤실헤실 웃고 있는 복미영은 확실히 이미 우스운 사람, 아무나 우습게 여겨도 되는 사람처럼 보였다. 그런데 그렇게 생각하니 오히려, 복미영은 어쩌면 그렇게 만만한 사람이 아닐 수도 있겠다는 생각이 들었다. 누군가에게, 관계가 깊지 않은 사람에게조차 우스워 보이고 그래도 되는 사람이라는 인상을 주는 사람은, 실은 자기 안에 굉장히 단단하고 깨어지지 않는 무언가를 가졌기에 그래 보이는 것 아닐까? 어쩌면 이 모든 게 헛다리 짚기에 불과할지도 모르지만 말이다.

 김지은이 품은 그 의문에 대한 해답을 찾을 기

회는 생각보다 빨리 찾아왔다. 방해진이 새롭게 시도한 관념적 아티스트 웨이라는 프로젝트 덕분이었다.

▶

 관념적 아티스트라는 개념의 시작은 재능 있는 악플러 다홍 씨로부터 비롯되었다. 다홍 씨는 동네북살롱의 고인 물로 어떤 주제건 다홍 씨에게 가면 갈기갈기 찢기고 무참히 밟히고 난도질당하기 일쑤였다. 그날의 화두는 얼마 전 끝난 드라마의 결말이었다. 로맨틱 코미디로 시작해 미스터리를 거쳐 근미래 재난물이 되었다가 결국 열린 결말의 판타지로 끝난 드라마였는데, 말발이 센 다홍 씨가 분기탱천해서 그 드라마 작가를 이렇게 비난했다.

 "아주 무책임하다니까요. 열린 결말이라는 거,

말이 좋아 열린 결말이지, 그거 자기가 할 도리를 다 안 하고 시청자들에게 떠넘기는 짓이잖아요. 애초에 인터랙티브 드라마면 몰라, 시청자들이 원하는 결말도 뻔히 알면서, 괜히 작가라는 본새는 있어서 원하는 결말은 내주기 싫고, 그렇다고 자기가 원하는 작가주의적인 결말로 가자니 욕먹을 거 같고, 그러니까 괜히 이도 저도 아니게 이렇게도 해석되고 저렇게도 해석 가능하게 해놓고 열린 결말이라는 말로 퉁치기나 하고. 그게 뭐냐고요. 그런 식으로 꼬리가 긴 드라마는 아주 그냥 뒷맛이 씁쓸해요. 요즘엔 애들도 그러잖아요. 이거다 저거다 분명하게 말 못 하고 자기 생각도 제대로 확실하게 표하지 못 하고 그런 것 같아요, 저런 것 같아요. 그런 게 생각해보면 뭐랄까, 문해력의 실종이라는 말과도 통하는 거라고요. 스스로 생각할 줄 모르고 해석할 줄 모르는데 책임지긴 싫으니까 불분명하게 말꼬리를 늘여대고는 같아요, 라는 식으로 우물쭈물 말끝을 흐리기나 하고. 그런 걸 작가들까지 부끄러운 줄 모르고 한다니까요. 문단속 말이에요. 문단속이 기본이잖아요. 오죽하면 애니

메이션까지 나왔겠어요. 「스즈메의 문단속」. 물론 저는 그 영화는 보지 않아서 내용은 모르지만요. 뭐 보나 안 보나 문단속이 중요하다는 내용 아니겠어요? 아무렴, 그건 기본이잖아요. 시작을 했으면 끝을 내야죠. 요즘 세상에는 기본이 안 된 걸 작품이라고 내놓는 경우가 너무 많아요. 한심해요. 아주 한심하죠."

그러자 평소에 다홍 씨를 고깝게 생각했던 보라 씨가—보라 씨가 다홍 씨를 싫어한다는 건 다홍 씨를 제외한 모두가 알고 있었다. 언젠가 다홍 씨가 화장실에 간 사이에 보라 씨가 이렇게 말했기 때문이다. "본인이 할 줄 아는 건 아무것도 없으면서 남들이 만들어놓은 거 난도질하는 걸로 지적 허영심 채우는 거잖아. 그렇게 잘났으면 자기가 좀 해보지."— 참다 참다 더는 못 참고는 다소 순화된 표현으로 이런 제안을 했다.

"그 드라마 결말이 그렇게 마음에 안 들면, 다홍 씨가 다시 써보지 그래요? 원하는 꽉 닫힌 결말로 어디 한번 근사하게 써서 보여줘봐요. 우리끼리라도 그게 진짜 결말이다, 생각하면 되잖아요."

보통 이런 경우, 이야기는 이렇게 진행되어야 한다. 다홍 씨는 그 드라마의 결말을 다시 써보다가 드라마 쓰기의 어려움에 대해 깨닫고 창작자의 고통에 대해 절감하게 된다. 그리하여 자신이 얼마나 쉽게 남들의 창작물을 비판해왔는지 반성하며 비평은 하되 함부로 난도질은 하지 않게 된다는 식으로. 그런데 다홍 씨는 말발만 좋은 게 아니라 글발도 좋았던 모양으로, 북클럽에서 2년 동안 남들이 써놓은 스토리를 물고 뜯으며 익힌 실력을 발휘한 것인지 그 드라마의 결말을 다시 써서 드라마 팬들이 모인 커뮤니티에 올렸고, 그것이 기대 이상의 호응을 얻음으로써 자신감을 얻게 되었다. 다홍 씨는 이번에는 아예 OTT 플랫폼에서 인상 깊게 본 스페인 드라마를 가져다 베껴보기로 했다. 드라마의 줄거리와 인물관계도, 캐릭터의 성격까지 그대로 따서 배경과 감성만 한국적으로 바꾸니 꽤 그럴듯한 조선시대 배경의 로맨스판타지가 되어 그것을 한 웹 소설 플랫폼에 연재하기 시작했다. 눈 밝은 몇몇 독자들이 유사점들을 발견하긴 했지만 그 정도의 유사한 설정은 너무 흔해 한 작품을 콕 짚어 표절했다는 것을 증명할 수 없다는 반대 의견도 만만치 않았다. 그 데뷔작이 꽤 인기를 끌자 다홍 씨는 바로 차기작 집필을 시작했는데, 그때부터 모방은 창조의 어머니라던 본인의 신념대로 어찌 된 일인지 나름의 창조적이고 독창적인 스타일마저 생겨나 꽤 충성스런 구독자를 가진 진짜 웹 소설 작가가 되었고─방해진에 따르면 진짜 작가란 글을 써서 그것으로 먹고 살 수 있는 사람이란 뜻이라고 했다─ 그 작품, 『재능 있는 리플리』를 패러디한 『재능 있는 악플러』가 인기를 끌면서 새로운 북클럽 모임에 함께할 수 없다는 안타까운 소식을 전했다. "오죽 바빠야 말이죠. 나중에 연재 끝나면 한번 들를게요. 참, 보라 씨한테는 내가 나중에 한턱낼게요. 나한테 이런 재주가 있는지 누가 알았겠어요."

　다홍 씨의 이 닫힌 엔딩에 가장 충격을 받은 것은 살롱지기 방해진이었다. 우리 안에 진짜 예술가가 숨어 있었다. 어쩌면 여기 모인 우리는 모두 잠재적 아티스트가 아닌가. 그렇게 해서 시작된 게 최근 어떤 활동에건 뒤에 아티스트를 붙여 칭하는 아티스트 밈을 반영한 1인 1아트 매칭 프로젝트인 관념적 아티스트 웨이였다. 북클럽 회원들은 한 명씩 자기만의 예술을 찾아나가기 시작했다. 고동 씨는 회피 엔딩 아티스트였고 파랑 씨는 소분 아티스트, 노랑 씨는 산책 아티스트, 분홍 씨는 책 수선 아티스트였다. 모두가 저마다의 예술 장르를 찾아 그것으로 각자의 열린 엔딩을 닫는 법을 고민하기 시작했다. 무엇이건 자기 안에 내재된 하나의 문을 열고 닫아본 경험이 쌓이면, 열린 채 방치된 내면의 수많은 문을 닫는 것도 수월해진다. 그러다 보면 두려움 없이 더 많은 문을 열어 그 문밖의 세계를 산책하기도 하고 헤매기도 하며 다시 돌아오는 일이 더 자유로워질 거였다. 그것이 동네북살롱의 열린 엔딩 닫기 북클럽과 관념적 아티스트 웨이 프로젝트가 하는 일이었다.

▶

 관념적 아티스트 프로젝트가 실체를 지닌 실질적 아티스트 프로젝트로 바뀐 데는, 동네북살롱에 모인 이모들의 오지랖이 크게 작동했다. 시작은 언제나 그렇듯 분홍 씨였다. 분홍 씨는 다른 북클럽 회원들과 달리 동네 사람도 아니고 비슷한 또래도 아닌 조카뻘인 김지은이 왜 이 북클럽 모임에 참석하게 되었는지가 궁금했다.
 "나도 교양이 있고 상식이 있는 사람이거든. 그래서 경우 없이 신상을 캐려는 건 아니지만, 그래도 이유가 있을 거 아니에요, 이유가. 내가 또 궁금한 건 못 참는 성격이라서. 집도 멀다면서 굳이 이

곳까지 모임을 하러 오는 무슨 특별한 이유가 있어요?"

 북클럽 모임을 시작하고 두 달이 지난 후였으니, 분홍 씨로서는 꽤 오래 참았다고 볼 수도 있었다. 다들 새롭게 합류한 김지은에 대해 궁금한 점이 많았으나 서로의 사생활은 본인이 먼저 이야기하지 않는 한 묻지 않는다는 암묵적 원칙대로 참아왔던 터였다. 회원들의 시선이 쏠리자 김지은은 침을 한 번 꿀꺽 삼켰다. 복미영이 아니라 누구라도, 혹시 자신이 이 모임에 참여하는 것을 이상하게 여기거나 물으면 대답하려고 준비해놓은 이야기가 있기는 했다. 그렇게 해서 실은, 하며 꺼낸 김지은의 사연이란 이런 거였다.

 김지은은 오래전부터 영화를 찍고 싶다는 꿈이 있었다. 노동하고 버려지는 이모들에 대한 단편영화였다. 그러나 현실적인 이유로 접어야 했고 그 후 계속 그 꿈은 나중에, 언젠가, 라고만 미루던 중이었다. 그러다 얼마 전 우연히 단편영화 제작 수업을 듣게 되면서 지역 아티스트 영상 지원 사업에 대해 알게 되었고, 그곳에 기획안을 제출해 1차

서류 전형을 통과한 상태였다. 그리고 1차 면접 과정에서 심의위원 K에게 이런 질문을 받았다.

"그걸 만드는 이유가 뭘까요?"

1차 인터뷰 과정에서 오랜만에 마주친 K는 김지은과 과거 같은 프로덕션 동료였고 3개월 정도 연애를 하다 서로 미련 없이 헤어진 사이였다. 미련이 없는 것치고는 서로의 험담을 하다 걸린 적이 있었으니 알고 보면 꽤나 잘 어울리는 파트너가 될 수 있었을지도 모른다며 김지은은 조금 웃었다. 그날 김지은은 서류를 검토하는 K를 다소 아련한 시선으로—혹시나 도움이 될까 싶어서— 쳐다보며 한때 사귀었다는 사실이 지원금을 결정하는 데 득이 될까, 해가 될까에 대해 생각했다. 헤어질 때 자신이 K의 마음을 상하게 한 건 없는지 더듬어보았고, 그런데 헤어질 때 마음이 상하지 않는다면 그걸 한때라도 좋아했던 사이라고 할 수 있나 같은 것을 고민하고 있는데, K가 질문을 던졌다.

"이모에 관한 이야기는 이미 많이 있지 않나요? 김지은 씨가 만드는 이모 이야기가 그것들과 다를 거라고 생각하는 이유가 있습니까?"

김지은이 미처 답변을 하기도 전에 K의 다른 질문이 이어졌다. 답변을 들으려는 목적보다는 처음 위촉된 심의위원으로서 자신의 능력을 다른 선배 위원들에게 보여주려는 목적이 더 큰 게 아닌가 의심스러울 정도였는데, 이런 식으로 질문을 위한 질문이 계속되었기 때문이다.

"우리가 이 필름 제작을 지원해서 어떤 가치를 획득할 수 있을까요? 우리 지역사회에 이 예술 작업이 긍정적인 영향력을 끼칠 수 있다고 생각하는 이유는요?" "진정성이요? 어떤 진정성을 말씀하시는 거죠? 제가 기억하기로는 예전에도 이모에 관한 영화를 제작하려고 했다가 포기한 걸로 아는데요. 묵은 아이템을 계속 버리지 못하고 진행할 만한 가치가 있을까요?" "당사자성이 있다? 그걸 당사자성이라고 부를 수 있나요? 당신은 이미 관찰자의 시선을 가지고 있지 않습니까? 당신에게는 카메라가 있는데요."

아무래도 헤어질 때 생각보다 더 마음을 다치게 했던 것일까, 생각하며 김지은이 질문에 대한 답을 고심하는데 K가 또 물었다.

"어차피 당사자들은 그런 영화를 찾아보지 않을 텐데요. 그런 소재가 다루어져야 하는 이유가 무엇이라고 생각합니까?"

이런 질문을 던져도 되는 걸까? 김지은은 그 말, '어차피 당사자들은 그런 영화를 찾아보지 않을 텐데요.'라는 말에 무어라 설명할 수 없는 충격을 받았고, 그래서 K가 그런 질문을 던진 데 어떤 다른 의도가 있는 게 아닌지 의구심을 품었지만 K의 표정에서는 어떤 것도 읽을 수 없었다. 그럼에도 그 말에 대한 적절한 답변이 무언지 알 수 없었고, 다만 지원금을 받지 못할지도 모른다는 생각에 서둘러 다른 구상을 내놓기 시작했다. 그것이 저임금 육체노동을 하는 이모들, 가족의 호칭으로 불리며 돌봄노동에 감정 노동까지 강요받다가 버려지는 이모들에 대한 블랙코미디 「이모의 호환성 연구」의 시작이었다.

▶

 식기세척기나 건조기를 식세기 이모님, 건조기 이모님이라고 부르는 것은 우리가 이모님이라는 호칭을 어떤 경우에 사용하는지, 어떻게 취급하는지를 보여주는 단적인 예다. 그러니까 이런 이야기가 가능해진다. 집에서 사촌 조카딸, 이름은 윤정이라고 하자. 윤정이 어릴 때는 윤정을 돌봐주었고 이제 윤정이 결혼해 아이를 낳게 되자 윤정의 집에서 윤정의 아이까지 돌봐주게 된 이모님이 있다. 이름은 미영 이모라고 하고. 제 아이가 아닌 사촌 언니의 딸과 그 딸의 아이까지 돌봐주는 걸 보면 경제적 자립 능력, 혹은 가족 간의 서열이나 사정은 짐작 가능할 테다. 이런 경우 필요에 의해 노동을 제공해주고 보수를 받는다 해도 '군식구'라거나 '얹혀산다'는 표현에서 자유로울 수 없게 되는 법. 아이가 커갈수록 고용 불안과 주거 문제로 인한 두려움은 커져만 가는데. 그렇다고 아이의 성장을 막을 수는 없는 일. 그저 집안일에 열과 성을 다해 자신의 필요성을 증명하려 하지만 윤정은 미영 이모를 위하는 양 새롭고 편리한 가전제품들을 자꾸만 사들인다. 이모도 식세기 이모님이 생기니까 훨씬 편하시죠? 라는 말은 얼마나 더 큰 공포를 불러오는지……. 이어 청소기 이모님과 건조기 이모님도 곧 미영 이모의 더부살이 자매가 된다. 이제 윤정의 집에는 윤정의 가족보다 더 많은 이모님이 서로의 존재가치를 증명하느라 하루 종일 웅웅대고 윙윙대고 덜그럭거린다. 그렇게 '신식' 이모님들 틈에서 자신은 곧 폐기 처분되리라고 불안해하던 중 미영 이모는 윤정이 남편과 나누는 대화를 듣게 된다. 아무래도 이모님을 버려야겠어. 그것은 고장 난 오래된 세탁기 이모님에 대한 이야기였으나 미영 이모는 자신의 이야기라고 오해한다.

다른 가전제품 이모님들이 이모님이라고 불릴 때 자신은 그저 이모라 불리는 차이에 대해서는 자각하지 못한다. 인지했다 해도 기분 나빠하지는 않았을 것이다. 그것은 원래 그런 것. 호칭 문제 같은 건 중요치 않다고 생각한다. 그러나 호칭은 모든 관계와 태도의 기본. 그것을 애써 모른 척하며 미영 이모는 다만 생각한다. 다른 이모님들보다 뒤처지고 싶지는 않다. 하지만 애를 쓸수록 미영 이모의 노동력은 노화한 몸과 체력의 한계에 부딪친다. 손목이 아프고 무릎이 아프고 척추협착증까지 심해져 허리를 똑바로 펼 수도 없다. 식세기 이모님의 성능을 믿을 수 없다며 아픈 허리를 싱크대에 기댄 채 손으로 꼼꼼히 설거지를 해보지만 누구도 그런 수고에 대해 고마워하지 않는다. 쓸데없는 노인의 아집이라 여길 뿐이다. 어우, 이모 궁상맞게 헛수고 좀 하지 마요. 미영 이모의 수고는 모두 헛수고다. 궁상맞고 구질구질하기. 그것이 미영 이모의 직관적 특징이 된다. 왜 있잖아요, 저번에 비 맞으면서 재활용품 분리배출을 하던 그 궁상맞고 구질구질한 여자가 윤정 씨 집 이모라네요, 라는 식으로 설명되는 것이 통상적 미영 이모의 모습이다. 버려지지 않으려고 하는 일들이 버려짐을 가속화한다. 이 집에서 버려지면 갈 곳이 없다. 버림받고 싶지 않다. 버려지고 싶지 않다. 어떻게 해야 하나. 미영 이모는 자신보다 훨씬 쓸모 있어 보이는 다른 가전제품들을 살펴본다. 식세기 이모님도 건조기 이모님도 청소기 이모님도 낡아 삐걱대는 자신보다 훨씬 이 집에서 오래 살아남을 것이다. 미영 이모는 잠시 고민하지만 그것은 셋 중 어느 이모님과 호환될 것인가 용도 변경에 대한 고민일 뿐 곧 마음의 결정을 끝내고 청소기의 호환 버튼을 누른다. 이내 미영 이모는 청소기로 빨려 들어가고, 더 이상 버려짐에 대한 공포 없이 장기 체류 가능한 청소기 이모님이 되어 작동 버튼을 누르면 내장된 스물두 개의 발랄한 멜로디 중 하나를 반복 반복 반복해서 노래하며―비둘기처럼 다정한 사람들이라면 장미꽃 넝쿨 우거진 그런 집을 지어요― 윤정의 가족과 함께 안락한 집에서 오래오래 행복하게 산다는 이야기다. 해피엔딩.

"해피엔딩입니까?"

K가 물어서 김지은은 대답했다.

"네, 해피엔딩."

"해피엔딩이라니, 그건 좋네요. 그런데, 그렇다면 원래 있던 청소기 이모님은 어디로 간 걸까요?"

그날, 인터뷰를 끝내고 집으로 돌아가며 김지은은 그 청소기 이모님—이름은 메리라고 하자—메리 이모가 세상 끝으로 가는 이야기, 버려진 곳에서 버섯으로 다시 시작하는 이야기, 청소기를 뒤덮고 자라난 버섯들의 이야기가 자신이 진짜 하고 싶은 이야기라는 것을 알게 되었다. 돌보는 존재가 돌봄을 받아야 하는 시기가 도래했을 때, 이모를 이모로 돌려막기 해서 유지되는 평온한 일상이 더 이상 불가능해질 때, 봉인해두었던 '무탈'과 '화목'의 피뢰침이 펑 터져 대규모의 파괴가 일어나고 그 붕괴된 자리에서 검고 어두운 버섯구름이 뭉게뭉게 피어오르는 이야기 말이다. 그것이 김지은이 생각하는 해피엔딩이었다.

그러나 그것은 이야기 속에서만 존재하는 해피엔딩이었고, 현실 세계에서 맞이할 수 있는 진짜 해피엔딩이란 이런 것이다. K의 입맛에 맞는 기획안을 제대로 짜서 2차 인터뷰를 성공적으로 끝마치고 지원금을 받는 것. 그래서 김지은은 「이모의 호환성 연구」의 구체적인 트리트먼트를 작성하기에 앞서 청소기 이모님의 모델이 되어줄 이모를 수소문함과 동시에, 당사자로서 '그런 영화'를 보는 이모들을 직접 만나보고 싶어졌고, 그렇게 해서 동네북살롱의 북클럽 모임에 참여하게 되었다는 것이다.

진짜는 아니지만 거짓도 아닌 이야기. 거짓도 아니지만 진짜도 아닌 이야기. 이것이 북클럽 모임에 참석하며 열린 엔딩을 닫기 위해 자신의 현실을 각색한 각본이라는 건 김지은만 아는 사실이었다. 그때만 해도 김지은은 그렇게 믿었다.

▶

"그럴 줄 알았어."

김지은의 이야기가 끝나자 분홍 씨가 말했다.

"지은 씨한테는 그런 냄새가 났어."

"어떤 냄새요?"

"진짜 아티스트 냄새."

이런 건 부끄럽다. 서로가 서로를 아티스트라고 칭하는 것, 아이들 장난도 아니고 너무 부끄럽다. 그냥 부끄러운 게 아니라 장이 꼬이는 것처럼, 그렇게 불 위의 오징어처럼 몸이 움츠러지도록 부끄럽다고 생각하며 김지은은 짐짓 웃으며 대답했다.

"전 진짜 아티스트가 아닌데요?"

"원래 본인한테 나는 냄새는 본인이 몰라요. 남들이 먼저 맡고 아는 거지."

그런가. 나한테 냄새가 나. 냄새가 난다면 그건 아티스트 냄새 같은 게 아니라 오래 묵은, 버리지 못해서 곪아버린 꿈이 풍기는 쓰레기 냄새가 아닐까 생각하며 김지은은 자조적으로 중얼거렸다.

"저한테 아티스트 냄새가 날 리가 없어요. 저는 내내 목적지도 모른 채 길 위에서 헤매기만 하는걸요."

그러자 옆에서 가만히 듣고 있던 복미영이 끼어들었다.

"그럼 지은 씨는 그거 하면 되겠다. 헤매기 아티스트."

그 말에 분홍 씨도 김지은의 등을 두드리며 말했다.

"그래, 그거 좋다. 그런 말이 있던데. 헤맨 자리만큼 자신의 땅이 된다고."

사실 김지은은 이런 말들에 거부감을 갖는 편이었다. 뭐랄까, 위로하기 위한 명백히 다정한 말들. 이런 말들은 확실한 목적을 가지고 만들어진 분명히 좋은 말들이라 어쩐지 마냥 좋아하면 지는 것 같아서 순순히 받아들이기가 힘들었다. 그토록 꼬여 있었다. 그럼에도 그 말이 주는 위로를 완전히 거부하지는 못했다. 그래서 그런 자신을 조롱하듯 웃으며 이렇게 대꾸했다.

"세상에. 그럼 저는 엄청난 땅 부자네요."

그랬더니 복미영이 혼자 신이 나서는 손뼉을 짝 소리 나게 치더니 들뜬 목소리로 말했다.

"그런가요? 좋다, 참 좋다. 그 땅에 나무도 심고 꽃도 심고, 지은 씨 하고 싶은 거 다 하면 되겠다."

김지은은 오래 헤매어 황폐하고 갈라진 땅 위에 초록의 싹이 자라고 노란 들꽃이 피어 바람에 흔들리는 풍경을 그려보았다.

"그게, 될까요."

그런 게 될 리 없다고 생각하면서도 그 사이로 어쩌면, 나중에, 같은 부사어들이 끼어들었다. 나중은 지금과 다를 거라는 기대, 조금 더 나아질 거라는 풍요로운 상상, 그런 추측의 부사들이 황폐한 땅에 씨앗으로 뿌려져 나중에 사과나무가 되고 능소화가 되는 거라면?

김지은이 혼잣말처럼 중얼거린 말에 복미영은 놓치지 않고 대답했다.

"되고말고요. 자기가 헤매서 다진 땅인데 누가 뭐래. 그리고 언젠가 그 땅에 나도 초대해줘요."

▶

 그러나 정작 자신의 땅으로 먼저 김지은을 초대한 건 복미영이었다. 그건 그날, 모임이 끝난 후 복미영이 김지은에게 조심스레 물은 질문과도 관련 있었다.
 "그거 말이에요."
 "어떤 거요?"
 "진짜 찍고 싶다는 이야기요, 지은 씨의 해피엔딩 영화, 그건 언제 찍을 거예요?"
 그걸 믿은 걸까. 그런 이야기는 많다. 찍지도 않을 거면서 언젠가 찍을 거로 생각만 하는 이야기들. 다 쓰지 못해서 버리지도 못하는 일종의 열린 쓰레기들.

"글쎄요. 영영 못 찍을지도 모르죠. 언젠가 찍는다 해도 지금은 아닐 거에요."

"그럼 언제요?"

"글쎄요. 아주 나중에?"

"나중에?"

"네, 나중에."

그걸로 그 대화는 끝인 줄 알았는데, 그다음 주 북클럽 모임이 끝나자 복미영이 조용히 다가오더니 비밀 쪽지라도 되듯 무언가를 건네주었다. 펼쳐 보니, 그것은 팬클럽 카드였다. 앞에는 '버리기 아티스트 복미영 팬클럽'이라고 적혀 있었는데 넘버링도 있었다. 김지은이 받은 건 팬 NO.1의 카드였다. 팬클럽에 가입한 적도 없는데 이걸 왜 주나, 이제 이런 장난은 지겹다, 생각하며 돌려주려는데 복미영이 뒤를 넘겨 보여주었다. 그곳에는 '복미영 팬클럽 특전—1회 버리기 신청권'이라고 적혀 있었다.

"있잖아요, 복미영 팬클럽에 가입하면 특별한 혜택이 있거든요."

복미영이 사랑 고백이라도 하듯 끈적한 목소리로 귓가에 속삭였다. 흠칫 놀라 거리를 두며 김지은은 조금 경계심을 담아 물었다.

"저는 팬클럽에 가입한 적이 없는데요?"

"가입할 필요 없어요. 지은 씨는 내가 선택한 내 팬이니까. 그리고 이건 제가 선택한 명예 팬클럽 회원들에게만 주는 특전 카드에요. 그러니까 언제든 필요하면 써요. 대신 딱 한 번만 사용 가능하니까 꼭 필요할 때 쓰고. 그러고요, 이거는 부탁하는 건데, 제가 이번 주 토요일에 팬한테 역조공 이벤트를 가거든요. 그걸 기념으로 남겨두고 싶은데 혹시 저랑 같이 가서 그 이벤트 좀 찍어주면 안 될까요? 부탁할 사람이 지은 씨밖에 없어서 그래요."

팬클럽 특전은 뭐고 역조공 이벤트는 또 뭐람. 이해가 안되는 게 한 두 개가 아니었지만 복미영 팬클럽에 가입되었다고 해서 무슨 팬클럽 가입비를 내라는 것도 아니니 그건 무시하면 될 듯했고, 김지은은 우선 마지막 질문부터 해결하기로 했다.

"촬영을요?"

"네, 마침 역조공 팬 서비스를 하러 가는 곳이

부곡하와이 근처인데, 지난번에 들은 지은 씨 영화요, 청소기 이모님을 버리러 가는 거, 그 스토리 듣는데 배경으로 폐장한 부곡하와이가 딱 떠올랐거든요. 내가 만약 청소기 이모님이라면 그곳에 버려지면 재미있겠다 싶어서. 그리고 거기서부터 새로운 인생이 시작되는 거지. 어때요. 장소 헌팅도 할 겸 이번 주 토요일에 나랑 동행할래요? 촬영비는 당연히 지급할게요."

부탁을 받는 건 좋았다. 물론 앞으로 자신이 복미영에게 하려는 부탁과 무게는 다르지만, 이렇게 호의를 베풀고 나면 복미영 역시 호의를 베푼 상대가 하는 부탁에 대해서 좀 더 긍정적으로 받아들일 결심을 하게 될 거였다. 사실 그보다는, 그저 궁금했다. 역조공 이벤트라니. 도대체 뭘 하려는 걸까. 아주 오래전에 복미영과 함께했던 못된 장난들이 어렴풋이 떠올랐다. 언젠가 복미영이 열린 엔딩 닫기 북클럽에서 했던 말, 남은 생은 아끼지 않고 흥청망청 난봉꾼처럼 사는 게 목표이자 꿈이라고 했던 말도 떠올랐다. 복미영은 또 무슨 못된 장난을 하려는 걸까?

5 이모의 호환성 연구

 김지은이 생활동반자법에 대해 알아보기 시작한 건 은수 이모가 아프다는 것을 알게 된 직후였다. 은수 이모가 그 법의 도움을 받기를 바라서가 아니라 법적인 보호로부터 철저히 소외되기를 바라는 마음에서. 김지은의 엄마 베로니카는 법 없이도 은수 이모의 도움을 받았지만 그래서 뭐. 그 시절은 지나갔다. 그러므로 김지은은 바라는 것이다. 계속해서 법이 시대의 흐름을 따라가지 못하기를, 법이 더 편협하게 적용되기를. 그래서 정상 가족의 프레임에 갇혀 베로니카와 은수 이모가 10년 넘게 동반자로 살아왔건 말건 베로니카에게, 그리고 자연히 그 부담이 전가될 베로니카의 딸인 자신에게 어떤 의료 결정권이나 장례의 의무조차 없어서 병들어 나빠질 날만 남은 은수 이모가 자신의 가족, 거의 절연한 상태로 산 지 오래된, 딸 성해윤을 찾게 되기만을.

그리고 무엇보다도 지켜야 하는 게 있었다. 효창동 집. 김지은의 할머니이자 베로니카의 엄마인 순례 씨가 죽으며 베로니카에게 넘겨준 유일한 자산인 효창동 집은 비록 좁고 낡긴 했어도 오히려 그렇기 때문에 주변의 낡은 주택들과 함께 머지않아 재개발 될 가능성이 있었다. 아무리 은수 이모가 베로니카를 돌보며 10년 넘게 살았다 해도 그 집에 대해 행사할 수 있는 권리는 아무것도 없었고 앞으로도 없어야 했다. 그것이 불공평한가? 당연히 불공평했다. 하지만 그렇게 불공평함이 유지되어야 자신에게 유리하다면, 김지은은 얼마든지 불공평함을 지지할 수 있는, 더 불공평한 채 오래오래 세상이 나쁜 상태로 유지되기를 바랐다. 세상은 빠르게 변한다. 이런 식으로 하나씩 허용해주면 정작 딸인 자신은, 응당 받아야 할 몫이라 생각했던 소유를 나눠야 할 수도 있는 것이다. 그것은 부당하다. 아니, 부당하지는 않지만 내게는 나쁘다. 내게 나쁜 것은 모두 부당한 것이다, 김지은은 생각했다. 세상이 공평하지 않을 때 이득을 보는 사람인 내게는.

김지은도 안다. 자신이 얼마나 은혜를 모르는 인간인지. 그러나 은혜는 까치나 갚는 것. 자신은 까치가 될 생각이 없다. 화장실 들어갈 때 마음 다르고 나올 때 마음 다르다는 말이 있는 건, 대부분의 사람들이 제 잇속 앞에서 대체로 그렇게 되기 때문이다. 비열하게. 은혜도 모르고.

김지은은 이런 기사들을 스크랩해두기도 했다. 자신만 그런 것이 아니라는 것을 확인하기 위해. 그 누구도 아닌 자신에게 정당성을 마련해주기 위해.

—고등학교 졸업 이후 40년간 동거해온 여고 동창생 2명이 비극적으로 인생을 마감했다. A씨는 결혼을 하지 않고 여고 동창생 B(62)씨와 40년을 함께 살았다. A씨는 살림을 하고 B씨는 회사 생활을 하며 돈벌이를 했다. B씨가 암 말기 진단

을 받고 숨진 후, 간병을 하던 A씨는 B씨 명의로 된 아파트와 보험금 상속인 명의를 자신으로 변경해달라고 요구해 B씨 가족과 갈등을 빚었다. A씨는 B씨와 함께 살던 아파트에서 돈이 될 만한 가치가 있는 물건을 모조리 챙긴 뒤 집을 나갔고 B씨 가족은 A씨를 절도 혐의로 고소하고 아파트 집 열쇠를 바꿨다. 그 후 A씨는 자신이 살던 아파트 옆 동 20층에 올라가 유서를 남겨두고 투신자살했다.[*]

2013년 11월의 기사다. 그때로부터 지금은 얼마나 달라져 있나.

경우는 다르지만 이런 기사도 있다.

―어린 시절 자신을 키워준 유모가 치매를 앓게 되자 B씨는 2014년 7평 크기의 오피스텔을 매입해 유모가 거주하도록 한다. 소유자는 아들 A씨. 그러나 A씨는 2021년 유모에게 오피스텔을 비우

---

[*] 「40년 동거한 여고 동창생의 비극적인 죽음(종합)」, 연합뉴스, 2013년 10월 31일, https://www.yna.co.kr/view/AKR20131031023151051 발췌.

고 그동안의 임차료 1,300만 원도 일시 납입하라고 요구한다. 치매 걸린 유모의 성년 후견인 자격으로 A씨의 아버지가 유모 편에서 소송에 맞선 결과, 아들의 청구는 기각되었다. 아들은 아버지와의 관계도, 오피스텔 소유권도 빼앗기게 되었다.*

2023년 12월의 기사다. 물론 실 매수자가 아버지라는 게 증명되었던 덕분이지만 길러준 이모님에 대한 은혜 갚음과 거주할 집의 제공, 그리고 그 집의 명의 소유자인 아들의 소유권 주장 같은 면에서 앞의 기사와는 다른 측면에서 참고할 만한 기사라고 김지은은 생각했다.

김지은은 다른 나라의 입주 이모님들이 근무일이 아닌 주말이면 갈 곳이 없어 다리 밑이나 공원에서 노숙을 한다는 이야기 역시 꼼꼼히 읽었다. 그런 보편적인 부당함에 자신이 또 하나의 사례를 만든다고 해서 그것이 그리 예외적인 것도, 대단히

---

* 「날 키워준 90대 치매 유모 내쫓지 말아달라… 아버지, 아들에 승소」, 한겨레신문, 2023년 12월 9일, https://www.hani.co.kr/arti/society/society_general/1119712.html 발췌.

나쁜 것도 아니라는 것을 스스로에게 일러두기 위함이었다. 하룻밤 편히 쉴 곳이 없는 서러움이라면 김지은 역시 잘 알고 있다. 잘 알고 있기 때문에 다른 이에게 그 서러움을 전가할 생각조차 할 수 있는 거였다. 전세 사기에 얽혀 애써 마련한 보증금도 되돌려 받지 못하게 된 후, 김지은은 자신이 겪은 그런 부당함, 자신의 잘못 없이도 세상에 배신당한 경험에 비하면 아픈 은수 이모를 효창동 집에서 나가게 하려는 자신의 행위는 정당한 소유권 행사에 지나지 않는다고 생각하기로 했다.

처음부터 김지은이 그 집으로 돌아가고 싶었던 건 아니다. 어떻게 빠져나왔는데. 그동안은 혹시라도 발목을 잡힐지 모른다는 생각에 최대한 집과 거리를 두고 지내왔다. 가끔 겨울 이불을 가져 오거나 은수 이모가 챙겨둔 김장 김치를 찾으러 갔지만, 그때도 자고 가라는 걸 거부하고 저녁만 먹고 일어서곤 했다. 혹시라도 은수 이모가 지쳤다고, 지쳐서 그만두고 싶다고 할까봐, 자신에게 베로니카를 온전히 맡겨두고 떠날까봐. 잠깐 방심했다가 자칫해서 영영 그 집에 붙들릴까봐 두려웠다. 그러나 갑자기 보증금도 잃고 새로운 거주지를 구해야 하는 처지에 놓이게 되고 보니 다른 방도가 없었다. 돌아갈 수 있는 집이 있다는 게 그나마 다행이었다. 베로니카도 전보다는 훨씬 증세가 안정되었다고 하니 이쯤에서 돌아가 세 명이 같이 지내는 것도 나쁘지 않을지도 모른다 생각하기로 했다. 그렇게 효창동 집으로 다시 들어갈 결심을 하고는 집안 분위기도 살필 겸 하룻밤 묵었다가 알게 되었다. 무언가 달라졌다. 이 집에는 아픈 사람이 있다. 오래된 질병이 아니라 새로운 질병의 냄새가 난다.

집에 아픈 사람이 있고, 집도 사람도 제대로 보살핌을 받지 못할 때 나는 병든 냄새를 김지은은 너무 잘 알았다. 어린 시절 내내 그렇게 살아왔으니 잘 알 수밖에 없었다. 아픈 한 명의 가족을 돌보기 위해서는 다른 가족이 아무리 쓸고 닦고 바지런을 떨어도 집 안 구석구석 질병의 냄새가 배고 손이 닿지 않는 구석의 어수선함이 눈에 띄기 마련이었다. 그것은 아프지 않은 다른 가족이 모든 경제활동을 맡아서 하느라 집안일에 충분히 신경을 쓸

수 없어서 벌어지는 당연한 고충이기도 했다. 작년 말부터 어쩌다 집에 들를 때면 정돈되지 않은 살림살이나 깔끔하지 않은 청소 상태가 눈에 띄었다. 무언가 예전 같지 않다는 걸 느끼기 시작했지만 애써 모른 척해왔다. 베로니카의 증세가 다시 악화된 걸까, 그런 거라면 도움을 청하기 전까지는 굳이 알고 싶지 않고, 관여하고 싶지 않았다. 그런데 알고 보니 아픈 사람은 베로니카가 아니라 은수 이모였다. 은수 이모는 김지은 앞에서 숨긴다고 숨겼지만 숨길 수 없을 정도로 증세가 진행되어 있었다. 지난 가을 뇌졸중으로 쓰러졌을 때 빠르게 대처하지 못한 게 원인인 것 같다고 했다. 베로니카는 쓰러진 은수 이모를 보고도 119조차 재빨리 부르지 못한 모양이었다. 그 후로 파킨슨병 초기 증세가 시작되어 약물 치료를 받고 있다고 했다. 현재는 심각한 상태는 아니라고 해도 나중의 일을 누가 알 수 있단 말인가.

집으로 들어가고 싶지 않았다. 이 상태로 집으로 들어가면, 두 사람을 돌보는 역할은 꼼짝없이 자신이 맡아야 할 게 분명했다. 그렇다고 해서 그

집을 두고 보증금 없는 월세방에서 잠만 자고 나오는 생활을 지속하고 싶지도 않았다. 이렇게 되니 베로니카 한 명의 돌봄 책임자가 되는 게 가장 나은 선택인 것 같았다. 그토록 피하고 싶던 역할이 그나마 자신의 삶을 가장 덜 무겁게 하는 역할이라니. 사실 베로니카는 언젠가 자신이 부양해야 할 짐이라고 생각하고 있었다. 그 짐을 잠시라도 내려놓을 수 있어 감사했을 뿐, 끝까지 피할 수 있을 거라고는 생각지 않았기에 두려움도 적었다. 그러나 은수 이모까지 떠맡아야 하는 건, 그건 상상도 해보지 못한 일이었다. 지금 돌이켜보면 어떻게 한 번도 상상해보지 못했는지 의문일 정도지만.

이제 문제는 집이 아니었다. 아니, 집도 문제였지만 그전에 다른 문제를 해결해야 했다. 아픈 은수 이모를 누가 부양할 것인가. 자신이 부양의 책임을 떠맡는다는 선택지는 애초에 없었다. 베로니카가 할 수 있을 리도 없었다. 그러니 그 책임을 누구에게 떠넘길 것인가, 엄밀히 말하면 다 쓴 이모를 누구에게 버릴 것인가가 김지은이 당장 해결해야 할 문제였다.

"멀리 가도 돼, 지은아."

오래전 집을 떠나도 될지 망설일 때, 은수 이모는 그렇게 말해주었다. 그 말은 여전히 유효할까. 그 말에 기대어 김지은은 멀리 가볼 생각이었다. 은수 이모를 버리려면 더 멀리, 자신이 되어야 한다고 믿는 자기 안의 이모됨, 응당 돌보고 돌아보고 붙들리는 이름으로부터도 아주 멀리 가보는 수밖에 없었다.

▶

 김지은이 성해윤이 가르치는 한 문화센터의 아마추어를 위한 독립영화 제작 워크숍에 등록하게 된 건 그 질문에 대한 답을 구하기 위해서였다. 은수 이모가 더 아프기 전에, 그래서 비정하다는 소리를 듣기 전에 자연스럽게 은수 이모를 딸인 성해윤에게 돌려주기 위해서. 그것이 그 워크숍에 가명으로 등록한 이유였다. 본명으로 했어도 성해윤은 몰랐을 테고 알았더라도 상관없어했으리라는 건 나중에 깨달았지만 말이다.
 그랬다. 김지은은 은수 이모를 성해윤에게 돌려주길 원했다. 사실 말이 좋아 돌려주는 거지, 버리려는 거나 다름없었다. 다른 해결책은 없었다. 은수 이모가 엄마 베로니카와 살기 위해 딸인 성해윤과도 멀어진 채 지금껏 살고 있다는 건 알고 있지만, 이제 와서 쓸모없어졌으니 도로 찾아가라는 게 얼마나 염치없는 일인지 모르지 않지만, 그렇게 하지 않으면 어떻게 한단 말인가. 평생 혼자서는 은행 업무도, 계절에 맞는 옷을 골라 입거나 마트에서 시금치를 사는 것도 못하는 엄마에게 어쩌다 꽂혀서는, 순례 씨가 죽은 후 순례 씨의 국숫집을 맡아 꾸려나가면서 베로니카를 돌보며 함께 살기로 결정한 것은 은수 이모였다.

 은수 이모가 순례 씨의 국숫집에 손님으로 오기 시작한 건 벌써 15년도 더 전의 일이다. 김지은은 은수 이모와 엄마의 첫 만남 이야기를 순례 씨에게 여러 번 들었다.

 "그날따라 내가 화장실이 너무 급하지 않겠니. 그래서 잠깐 베로니카를 앉혀두고 화장실에 갔지. 손님이 오면 잠깐만 기다려달라는 말만 하면 된다고 하고. 그 정도는 할 수 있을 줄 알았지. 전에도 해본 적 있고 말이야. 그런데 내가 화장실에서 돌아와 보니, 베로니카가 처음 보는 여자 손님과 손을 붙잡고 울고 있는 거야. 그게 은수 이모였다. 내가 놀라서 왜 우느냐 했더니 그냥 울기만 해. 은수 이모한테 나중에 들으니 은수 이모가 포장을 하러 왔던 모양이야. 데스크에 사람이 앉아 있으니까 당연히 주문을 했겠지? 그런데 베로니카는 주문을 받을 줄 모르니까 당황해버린 거지. 내가 올 때까지 잠깐만 기다려달라고 하면 되는데 그 말이 생각이 안 난 거야. 그러고는 알잖아, 당황하니까 그것도 못 하는 자신한테 화가 나고, 화가 나니까 또 그 성이 난 걸 어쩌지 못해서 씩씩거리다가 머리를 벽에 박으며 울어버린 거지. 그러니까 은수 이모도 당황한 거라. 그때는 베로니카가 아프다는 걸 눈치챘을 테고 자기가 아픈 사람을 울렸다고 생각하니까 당황스럽기도 하고 미안하기도 하고, 그래서 괜찮다고 달래느라 베로니카를 끌어안고는 어쩌지, 어쩌지 하다가는 자기도 같이 울어버린 거지."

"그러고는?"

김지은이 물으면 순례 씨는 식당 테이블에 마주

앉아 머리를 맞대고 같이 콩나물을 다듬거나 수저의 물기를 닦는 두 사람을 보며 피로와 안도감이 뒤섞인 먹먹한 음성으로 속삭였다.

"그러고는 보다시피."

그게 두 사람이 같이 살게 된 첫 만남이라고 했다. 은총이지 뭐니, 순례 씨가 그렇게 덧붙일 때마다 김지은은 혼자 중얼거렸다. 베로니카에게는 은총인지 몰라도 은수 이모에게는, 글쎄, 은수 이모에게는 애도를 표할 뿐.

그럼에도 김지은은 이 이야기를 좋아했다. 이야기를 듣다 보면 결국 베로니카의 기막힌 재주에 감탄하게 되기 때문이다. 베로니카는 할 줄 아는 건 아무것도 없지만 자기를 돌봐줄 사람을 낚는 기술은 기가 막혔다. 제 몸 하나는 간수 못 해도 자기 몸 간수해줄 사람을 알아보는 혜안은 있었다. 순례 씨와 무영 이모야 가족이라 어쩔 수 없었다고는 해도, 그사이에 아녜스 이모와 선재 이모가 있었고 그리고 세 번째가 은수 이모였다. 그런 식으로 다 사람은 나름 살아갈 방도를 찾는 모양이었다. 사실 알고 보면 오래 한자리에서 식당을 하며 베로니카를 보살펴온 순례 씨나 순례 씨에게 자기만 아는 이기적인 년이란 소리 듣던 자신보다 생활력이 강한 건, 가진 재능이라곤 연민을 유발하는 처연한 어여쁨뿐인 엄마가 아닐까, 김지은은 부러워한 적도 있었다.

어쨌든 그날 이후 은수 이모는 거의 매일 국숫집에 와서 점심을 먹었다. 그러다가 순례 씨의 주방을 물려받게 되었고, 순례 씨가 노환으로 남도 자신도 돌볼 능력을 상실한 후에는 딸 베로니카도 물려받게 되었다는 그런 이야기였다. 은수 이모가 집에 들어와 살기 시작한 건 순례 씨가 죽고 일주일 만이었다. 김지은이 아는 건 거기까지였다. 당연히 은수 이모에게도 가족이 있었을 텐데 뭐라 말하고 떠나왔는지 그에 대해서는 알고 싶지 않았고 알려 하지도 않았다. 은수 이모 덕분에 김지은은 집을 떠날 수 있었고 엄마를 돌봐야 한다는 의무에서 벗어날 수 있었다. 그거면 충분했다. 다행한 마음만 가지고 싶었고 그 외의 일들은 알아봐야 좋을 게 없다고만 생각했다. 은수 이모의 가족을 찾게 될 일이 생길 거라고는 예상치 못했던 탓이었다.

 김지은은 은수 이모가 주인공인 삶에 대해서는 한 번도 생각해본 적 없었다. 그저 은수 이모가 엄마와 자신에게 굴러온 복이라고만 여겼다. 이모는 가족이지만 가족의 경계에 있는 이름, 의무와 책임의 굴레와 속박은 주어지지만 의무와 책임의 수혜자가 되기에는 결속력이 약한 이름, 우리 모녀를 위한 서브 텍스트로서만 존재할 뿐인 무대 밖의 스태프여야 했다. 이모는 애초에 그런 이름이었고 그런 이름으로 남아야 했다. 그래야만 끝에 가서 다 차려놓은 밥상에 대한 감사의 인사를 받을 수 있는 거였다. 그런데, 그래야 하는 은수 이모가 지난 겨울 파킨슨병 진단을 받았다고 했다. 치료를 받고 있지만 조금씩 언어 장애와 행동 장애가 시작되는 걸 막을 수는 없다고 했다. 어떻게 이런 일이 생길 수가 있지. 김지은은 납득할 수 없었다. 김지은에게 은수 이모의 질환은 비극이 아니었다. 예상치 못한 결함이었다. 은수 이모는 김지은에게 돌보는 사람으로만 존재 양식이 정해진 이모였을 뿐, 돌봄을 받을 사람으로 전환 가능한 존재는 아니었다. 그것은 그렇게 쉽게 바뀔 수 있는 게 아니었다. 김지은은 슬픔 대신 배신감을 느꼈다. 은수 이모는 기어코 무대 뒤의 스태프로만 남지 않고 무대 위로 올라오고 마는구나. 질병은 언제나 메인 자리를 꿰차려 들었다. 은수 이모는 결코 서브 텍스트로 남지 않을 것이다. 그것이 질병이 가진 장악력이라는 것, 주변의 모든 것을 사소한 것으로 만들어버리는 힘이라는 걸 김지은은 알고 있었다.

베로니카가 김지은에게 이야기하지 않은 이유는 뻔했다. 걱정할까봐? 이제 엄마에다 혹 같은 은수 이모까지 책임져야 하는 내게 미안해서? 아니었다. 베로니카는 예상했을 것이다. 은수 이모가 베로니카를 돌볼 수 있는 능력을 상실한 걸 알면 김지은이 당장이라도 은수 이모를 버리려고 할 것이란 걸. 어떻게든 베로니카에게서 은수 이모를 떼어내고 아주 멀리 보내려 하리라는 걸.

"놔둬. 내가 돌볼 거야."

은수 이모 몰래 베로니카를 데리고 나와 앞으로 어떻게 할 건지 대책을 묻자 베로니카가 고집스레 말했다. 김지은은 실소를 금할 수 없었다. 많이 안정되었다고는 해도 관계망상과 착란증으로 낯선 사람과의 일상적인 대화나 상호작용이 불가능했다. 친밀감이 형성된 가족 같은 사람이 곁에 없으면 가까운 마트도 못 가고 제때 119 하나 부르지 못하는 사람이 어떻게 아픈 사람을 돌본다는 건지. 야박하더라도 할 말은 해야 했다.

"웃기지 마. 엄마는 엄마 자신도 못 돌보면서 누굴 돌본다고 그래? 또 다 내 책임이 될 거잖아. 뻔하잖아. 나보고 어떻게 하라고?"

"신경 꺼. 너한테 책임지라고 안 해. 내가 할 거야. 내가 다 할 수 있어."

웃기고 있다. 엄마는 여전히 아무것도 모른다. 김지은은 속이 타들어가는 것처럼 답답해졌다. 아무것도 모르니까 저런 소리를 뻔뻔하게 내뱉는 것이다.

"엄마는 모르잖아. 평생 돌봄만 받아왔으니까, 남을 돌보는 게 얼마나 어려운지, 얼마나 힘든 일인지 아무것도 모르잖아. 제발 좀, 제발 그런 말도 안 되는 소리 좀 그만해."

정말이지, 엄마는 아무것도 모른다. 김지은은 주저앉아 울고 싶은 심정이 되었다. 베로니카는 평생 정신 질환을 앓아왔고, 증상은 꾸준히 완화되었지만 어느 순간 예기치 못하게 악화되어 입원 치료를 반복했으며 그것은 아마 죽을 때까지 계속될 것이다. 지금 정도의 안정을 찾게 된 것도 모두 은수 이모가 곁에서 돌봐준 덕분이었다. 지금이야 자신이 은수 이모를 돌볼 수 있다고 하지만, 곧 포기하고 좌절하게 될 게 뻔했다. 그리고 평생 그랬듯이 또 의지하고 기댈 사람을 찾겠지. 죽은 순례 씨에게서 이복동생 무영 이모에게로, 그 사이 아녜스 이모와 선재 이모, 지금의 은수 이모에 이르기까지 돌봄의 역사가 이모에서 이모로 이어져왔듯이 다른 이모를 찾을 것이다. 그러나 그것은 베로니카가 아직 젊고 처연한 어여쁨으로 누구라도 낚을 수 있을 때의 이야기였다. 이제 베로니카는 정당한 비용도 지불하지 않고 자신을 돌봐줄 이모를 구하기에는 너무 늙었다. 늙고 병든 엄마와 늙고 병든 엄마의 동반자까지 대가 없이 돌봐줄 이모를 어디에서 구한단 말인가. 자명하다. 그다음 이모는 내가 될 것이다. 여차하면 나보고 엄마의 이모가 되는 것만이 아니라 은수 이모의 이모까지 되어달라고 부탁할 생각이겠지. 그러나 김지은은 불 보듯 뻔한 착취의 굴레에 순순히 끌려 들어갈 생각이 추호도 없었다. 평생 이모들의 도움을 받았기에, 김지은은 알고 있었다. 이모들의 삶이 어떻게 지워져왔는지, 이모들의 미래가 어떻게 버려졌는지. 그것이 김지은이 결코 누구의 이모도 되지 않을 거라고 결심한 이유였다. 그 누구가 엄마라 해도. 그러나 어쩔 수 없다면, 정 어쩔 수 없다면 엄마의 부양은 책임져야 할 거라고 각오는 하고 있었다. 그것은 혈육의 정 같은 것이 아니었다. 그보다는 어릴 때부터 순례 씨에게 세뇌된 결과였고 순례 씨에게 받은 은혜에 대해 최소한의 도리는 하고자 함에 지나지 않았다. 그것이 김지은이 베풀 수 있는 최대치의 온정, 순례 씨의 딸인 베로니카에게만 허용되는 보살핌의 영역이었다. 그 빈약한 돌봄의 자리에 은수 이모의 이모가 되는 선택지가 끼어들 여지는 조금도 없었다.

"은수 이모 딸도 있다며. 딸한테 데려가라고 해.

이제 알아서 하라고 해."

 처음 은수 이모가 자신에게서 엄마를 분리해줬을 때의 감사 같은 건 이미 잊었다. 감사를 잊는 건 쉬웠다. 평생 그 모든 감사를 안고 산다면 김지은은 한 발자국도 앞으로 나아갈 수 없을 것이다. 감사 안에 머무는 삶과 배은망덕한 채 앞으로 나아가는 삶. 둘 중 선택해야 한다면 김지은은 거듭해서 후자를 선택할 거였다.

"내가 해."

 베로니카가 다시 한 번 중얼거렸다.

"내가 못 하겠다 싶으면, 내가 돌보지 못하겠다 싶으면 내가 죽여줄게."

"그게 무슨 소리야."

"은수 이모 내가 죽여준다고. 너 힘들게 안 할 거라고."

 이렇게 나오면 엄마와는 더 이상 할 이야기가 없다. 손목을 긋고 벽에 머리를 박으며 자해하는 방식으로밖에 자신의 감정을 표현하는 법을 몰랐던 젊은 시절의 버릇대로, 엄마는 이번에는 은수 이모의 목숨을 가지고 협박을 하는 것이다.

그날 밤 김지은은 두 사람이 잠든 틈을 타 은수 이모의 휴대폰을 살펴보았고, 그곳에서 은수 이모의 딸인 성해윤의 연락처를 발견했다. 주고받은 연락은 거의 없었다. 일방적으로 은수 이모가 생일과 설에 안부 인사 같은 걸 보냈는데, 답변은 없었다. 이름과 연락처, 그것만 알면 충분했다. 김지은은 바로 성해윤에게 연락해 너희 엄마를 데려가라고 하려다가, 아직은 시간이 있으니 조금 더 두고 보며 가장 좋은 방법을 고심해보기로 했다. 다른 여자를 돌보며 살기 위해 딸을 두고 집을 나온 엄마를 이제 쓸모없어졌으니 데려가라고 한다고 해서 그럼요, 아픈 엄마는 제가 모셔야죠, 하며 데려갈 딸이 과연 있을까? 일단 김지은만 해도 절대로 응하지 않을 일이었다. 어떤 사람인지, 어떻게 접근해서 마음을 열어야 할지 김지은은 좀 더 알아보기로 했다. 만약 일이 잘 풀려서 친밀한 유대감이 생기면, 어쩌면 은수 이모를 버리는 게 아니라 돌려주는 거라고, 그동안 빌려주어 감사했고 이제는 미안한 마음을 담아 반환하겠노라 떠넘기는 게 가능할지도 몰랐다. 이것이 김지은이 원래의 의도를 숨긴 채 성해윤이 진행하는 독립영화 제작 워크숍을 수강하게 된 이유였다.

▶

가제 : 메리 이모 방생기

시놉시스 1-1

　요즘엔 버리는 게 유행이다. 할머니도 버리고 엄마도 버리고 아빠도 버린다. 남편이나 아내 같은 피도 안 섞인 가족은 말할 것도 없고. 그러니까 이모를 버리는 건 아무것도 아니다. 그런데, 그게 꼭 그렇지만도 않은 게, 예전 같으면 각자 엄마나 아빠, 1촌의 직계가족만 버릴 것을 고민하면 되는데, 이제는 자식 없이 늙어가며 조카들에게 손을 뻗는 부모의 형제자매들이 많아지다 보니, 한 명의 자녀가 감당해야 할 버릴 짐들이 너무 많아졌다. 그러니 이모를 버리는 건 별것 아닌 것 같으면서도, 하지 않아도 될 수고로움이라 더 번거롭고 거추장스럽게 느껴지기도 한다.

지완이 툴툴 대자 성윤이 말한다.

너는 한 명이면서 그걸 가지고.

넌 몇 인데?

때마다 용돈에 신발에 아이패드까지 받은 이모가 셋에 삼촌이 하나.

한때는 이모 농사 잘 지었다고 다들 부러워했지만 이제 와서는 결국 그만큼 감당해야 할 몫이 늘어난 것이다. 물론 계속 돌봐준다는 건 말도 안 되고, 가끔 안부를 살피다가 버릴 곳을 알아봐주는 게 전부지만, 그러나 그게 그리 쉬운 일인가. 요즘은 그 무엇도 함부로 버려서는 안 된다. 재활용품은 재활용품대로 분리해서 버려야 하고 우산 하나를 버리려고 할 때에도 우산의 살과 천을 분리해서 따로 버려야 한다. 그러니 잃어버린 우산이 그토록 많은 건, 어쩌다가 잃어버린 것만은 아닐 것이다. 그 중에는 의도를 가지고 버려진 것도 많을 것이다. 그러니 이모 버리기에도 잃어버린 우산 이론을 도입해봐야 하는 건지도 모른다. 비가 오는 날 이모를 들고 나간다. 비가 오지 않으면 이모를 두고 온다. 버스나 지하철, 다시 찾으러 가기 힘든 곳일수록 좋다. 그리고 집에 와서야 중얼거리는 것이다. 어쩌나. 깜빡 잊었네.

가장 곤란한 것은 이런 것이다. 기껏 두고 온 우산을 누군가 들고 쫓아오는 것. 이봐요, 우산을 잃어버렸잖아요, 하며 버린 우산을 돌려줄 때. 마음에도 없는 감사를 건네며 다시 돌려받아야 하는 낙담의 순간.

우산 잃어버리기 이론이라니 새삼스럽지도 않네. 그런 게 고려장이잖아.

성윤이 말했다.

그런가? 조상들의 지혜란. 괜히 온고지신이란 말이 있는 게 아니야.

그러게.

그렇지.

이것이 4주간의 기초 강의가 끝나고 촬영 실습에 들어가기에 앞서 김지은이 준비한 단편영화의 시놉시스 초안의 일부였다.

김지은이 노동하고 버려지는 이모들에 대한 이

야기를 만들고 싶다는 발표를 마치자 수강생들의 질문이 이어졌다.

"그걸 만들려는 이유가 뭘까요? 이모에 관한 이야기는 이미 많이 있지 않나요? 당신이 만드는 게 뭔가 다를 거라 생각하는 이유가 있습니까?"

김지은이 대답할 말을 찾는 사이 또 다른 질문이 이어졌다.

"어차피 당사자들은 그런 영화를 찾아보지 않을 텐데요. 그런 소재가 다루어져야 하는 이유가 무엇이라고 생각합니까?"

김지은은 그 말, '당사자들은 그런 영화를 찾아보지 않을 텐데요'라는 말을 여러 번 곱씹었다. 곱씹을수록 시고 떫은맛이 났다. '당사자'라는 말이 그렇게 편협하고 한정적으로 쓰여도 되나. 이 빽빽한 시간과 좁아터진 공간을 공유하는 건 너나 나나 다 마찬가지인데 어떤 사건이나 상황 앞에서 당사자가 아닐 수 있는 사람이 있나, 새삼 궁금해졌고 당사자는 특정한 한 집단만을 가리킨다고 생각하는 어떤 구분과 경계의 바깥에 있는 입장들에 대해서도 골똘히 생각했다. 그리고 당사자성과 당사자(라 믿는 사람)에 의해 다뤄진 당사자들의 이야기를 당사자들이 아닌 사람들만 씹고 뜯고 맛보고 즐긴다고 생각하는 그의 질문이 지닌 순수성과 숨은 의도와 편향된 관점에 대해서도. 그런 질문은 순수하면 순수해서 무섭고 떠보려는 목적이 있다면 그것은 그것대로 무섭다고 생각하면서. 그러나 가장 무서운 건 김지은 자신조차 본인이 하려는 이야기에 확신이 없다는 것이었다. 버려지는 이모에 대한 이야기라니. 엄마도 버리고 아빠도 버리는 시대에 그게 뭐 대수인가? 실은, 이런 건 죄다 이모 한 명을 버리기에 앞서 어떻게든 정당성이나 타당성, 혹은 나만 그런 게 아니라는 것을 스스로에게 납득시키고자 하는 작당 모의에 불과한 것 아닌가. 아니, 그보다는 다만 성해윤을 자극할 목적이 아닌가.

성해윤은 안다. 내가 누군지 안다. 알지만 모른 척하는 것이다. 모른 척하는 것이 더 유리하다는 것을 알기에. 그것이 그즈음 김지은의 생각이었다. 그러니 김지은이 이모를 버리겠다고 하면, 이렇게 고민하고 있다는 것을 들키고 나면, 그 이모가 누구인지 성해윤은 짐작할 것이고 성해윤 역시 고민하게 될 것이다. 그래야 공평하다고, 아니, 불공평하지만 내게 그것이 더 나은 불공평함이라고 김지은은 생각했다. 봐라. 나는 당신의 엄마를 곧 버릴 것이다. 그러니 제발 내가 버리기 전에 알아서 거두어가주면 안 될까? 김지은은 엄마는 못 버려도 이모는 버릴 수 있는 사람이었다. 성해윤 역시도 이모는 버려도 엄마는 버리지 못하는 그런 딸들 중의 하나이길 바랐다. 봐, 나 이렇게 고민하고 있잖아. 이런 일은 내게도 쉽지 않다는 걸 알아줘. 그러니 내가 당신에게 은수 이모를 버릴 수 있도록 해줘. 그것이 김지은이 실제로 하고 싶은 말이었다. 그러나 그런 말을 대놓고 할 수는 없었고, 그래서 하지 못한 말 대신 자신의 고민을 단지 하나의 소재로 치환해 성해윤의 반응을 살피고자 한 것이다.

"그런 이야기를 읽은 적이 있어요."

수강생들 간에 오가는 이야기를 가만히 듣던 성해윤이 말했다.

"『우리가 명함이 없지 일을 안 했냐』라는 책을

보면 이모님들의 노동이 사라진 세계의 가정이 나와요. 외계인이 지구를 침략합니다. 세상이 망하게 하려면 어떻게 해야 할까. 누구를 데려가면 가장 효과적일까. 최근 넷플릭스의 인기 시리즈「삼체」에서는 과학이 발전하지 못하도록 과학자들을 죽이죠. 그러나 이 책에서는 다른 방법을 제시합니다. 5, 60대의 이모님들, 가사 노동이나 청소 노동 이모님이라 불리며 그림자 노동에 종사하는 이모님들을 데려가 그 노동의 자리가 텅 비도록 만드는 거죠. 그렇게 1년, 2년이 흐릅니다. 세상은 어떻게 될까요? AI가 대체할 수 없는 분야는 예술도 기술 분야도 아니고 허드렛일, 고령층 여성들에게 주로 할당된 잡다하고 손이 많이 가지만 일에 매겨지는 가치는 한 줌도 안 되는 반복적인 허드렛일인지도 모릅니다. 세상은 그런 식으로 망합니다. 이모들의 허드렛일을 대신 해줄 사람들은 결국 또 다른 이모들뿐이니까요. 그러니까 이렇게 그림자로 살다가 그림자로 버려지는 이모들의 이야기를 지은 씨는 하고 싶은 걸까요?"

성해윤의 말에 이어 다른 수강생들도 노동하는

이모들, 노동환경의 열악성으로 일할 사람이 없어 정상 운영되지 않는 학교 급식실의 급식 조리원 문제나 톨게이트 요금 수납원의 투쟁 이야기, 식당에서 직업에 대한 존중 없이 이모님이라 부르는 것이 친근함의 표현인 양 통용되는 것 등에 관한 본인의 경험담과 관점을 이야기했다. 이모님이라는 호칭에 담긴 타동과 수동의 집적에 대해 분개하기도 했다. 그러다 허드렛일을 하다 허드렛짐처럼 버려지는 이모들의 상황에 대해 제도니 시스템이니 공동체의 연대 의식과 노동환경 개선이니, 그런 이야기들이 알맹이 없이 오가기 시작했는데, 김지은은 겉으로는 그저 응, 응, 고개를 끄덕이며 동조하면서도 속으로는 이렇게 중얼거렸다. 뭘 그렇게까지. 다들 너무 거창하다. 그저 난 한 명의 이모를 버리고 싶을 뿐인데.

* 경향신문 젠더기획팀, 「어느 날 그들의 노동이 사라진다면」, 『우리가 명함이 없지 일을 안 했냐』, 휴머니스트, 2022, 107쪽

▶

　노인을 위한 나라도 없는데 그 안에 이모를 위한 나라가 있을 리 없었다.
　사실 김지은은 알고 있었다. 이모, 혹은 더 큰 덩어리로서의 쓸모를 다한 노인 가족—혈육의 정이나 돌볼 의무가 상대적으로 가벼운—, 이제 아무도 쓰지 않는 방 안의 냄새 나는 요강 같은 애물단지를 제때에 제대로 버리려면 무엇이 필요한가. 올바른 정책 수립, 공공의료 시스템, 지역사회의 공동체 의식, 안정된 커뮤니티 케어, 노인과 약자 혐오를 벗어난 포용적 사회 인식, 그런 그럴듯한 말들은 다 필요 없었다. 아니, 정치적이고 사회적인 논의들, 분명 필요하지. 중요하지. 김지은도 안다. 그러나 결국 그 논의가 언제쯤 실효성을 발휘할 수 있을 것인가는 의문이었다. 그리고 모두를 위한 평균화된 정책이 개개인의 필요를 합리적으로 만족시킬 가능성은 거의 없었다. 그러니 그 모든 거대한 논의보다 더 효과적인 건, 언제나 단 한 사람이었다. 단 한 사람의 희생. 선의와 책임 의식, 혹은 부채 의식과 정의감, 아니면 연민과 내가 더러워서, 라고 말하면서도 내치지 못하고 외면하지 못하는 정에 이끌리는 유약함을 지닌 단 한 사람, 남에게 용감하고 자신에게 비겁한 사람. 그래도 되는 사람.

돈이 있다면 이런 고민 역시 필요 없었을 것이다. 그러나 버리는 데도 돈이 든다. 고민 없이 이모를 버리기 위해 엄마나 아빠를 버릴 때와 동일한 비용을 지불할 의향이 있거나 능력이 되는 사람이 얼마나 있단 말인가. 그런 경우는 일반적으로도 드물 테고 김지은의 경우는 당연히 해당 사항이 없었다. 그렇다고 아무렇게나 버리기에는 이모에게 받은 게 너무 많았다. 그러니 돈으로 환산할 수 없는 시간과 정성, 자비를 베풀어줄 사람을 찾고자 애쓰는 시늉 정도는 해보는 것이다. 그래도 되는 사람 한 명만 있으면, 그것은 잘 만들어진 모든 시스템과 사회가 할 수 없는 사사롭고 까다롭지만 꼭 필요한 진짜 노동을 해줄 수 있을 것이다. 지금까지 돌봄은 그런 식으로 진행되어왔다. 주먹구구식으로. 잠깐만, 잠깐이면 돼, 잠깐만 맡아주면 돼, 너 아니면 누가 해주겠니, 역시 너밖에 없다, 라는 식으로.

    김지은은 생각했다. 어차피 세상은 계속 나빠질 테고, 살아 있는 동안 악습은 악습으로 이어지는 편이 나았다. 뒤집어엎어봐야 악습의 혜택을 입은 건 우리 윗세대, 악습으로부터 벗어나는 건 우리 다음 세대. 그러면 우리는, 우리는 그 경계에서 그저 윗세대가 일구어놓은 악습으로부터 벗어나지도 못한 채 그 경계 지점에서 모든 불편을 감당해야 할지도 모른다. 그러니 지금 내가 해야 하는 건 선하고 용감한 이모 한 명을 찾아내는 것, 이모님이라는 이름에 짐 지워진 혈육의 다정함에 기대어 용감하고 정의로운 사랑의 무한 확장성과 호환성을 찬양하며 용맹하고 경솔하게 그가 자기희생과 돌봄의 세계에 투신하도록 이끄는 것이다. 그것이 성해윤이건. 혹은 다른 누구라도. 그런데 사람 마음이란 뜻대로 되는 게 아니라서.

문제는 생각지도 않게 김지은이 성해윤을 인간적으로 너무 좋아하게 되었다는 데서 발생했다. 그래서 8주간의 독립영화 워크숍 강좌가 얼마 안 남은 어느 날인가 뒤풀이에서 술을 먹고는 제 감정에 취해 나한테 너무 잘해주지 마요, 나 진짜 쓰레기야, 쓰레기 같은 인간이야, 하면서 성해윤을 찾아온 사연을 고백하고 말았다. 그랬더니 성해윤은 어쩌나, 하더니 놀라지도 않고 덤덤하게 이렇게 말했다.

"난 그래도 되는 사람이 될 생각이 없는데요? 내가 쓰레기통도 아니고, 지은 씨한테 쓸모없어졌다고 나한테 버리면 안 되죠."

맞는 말이었다. 김지은은 또 울먹이며 중얼거렸다.

"그죠, 역시 그렇죠. 이런 생각을 하는 내가 쓰레기인 거죠."

그러자 성해윤이 피식 웃더니 대답했다.

"어우, 뭘 또 쓰레기래. 지은 씨 드라마 퀸인 건 진즉 알고 있었지만. 혼자 뭐 그리 심각해. 아니, 심각한 척하는 건가."

그래서 김지은은 알았다. 성해윤은 다 알고 있었구나. 내가 성해윤을 찾아온 이유, 술에 취한 척 쓰레기인 척 고민을 털어놓는 이유까지. 끝까지 숨기는 대신 나쁜 의도를 숨기고 접근한 내 죄를 자백하는 포즈를 취하는 것으로 그 비밀에 대한 죄책감까지 덜고 성해윤에게 나의 짐을 떠넘기려 하고 있다는 것을. 그리고 내가 이미 들켰다는 사실을 알았기 때문에 이런 식으로 찾아온 목적을 스스로 밝히는 퍼포먼스를 감행해버린 것까지도.

어쩌면 성해윤이 너무 좋아졌다는 것 역시 스스로를 그렇게 부추겨야만 성해윤도 속일 수 있으니까, 자신을 그토록 좋아하는 사람에게 매정해질 수 없는 마음을 이용하는, 자신조차 속여버리려는 좋아하는 '척'인지도 몰랐다. 그러나 어쩌면, 이렇게 누군가나 무언가를 좋아하게 될 때마다 그것을 좋아하는 척일 뿐이라고 생각하는 것이 실은 김지은 본인이 자신을 가장 잘 속여온 '척'인지도 모른다는 생각도 들었다. 어느 쪽이건 이런 태도는 누군가나 무언가를 마냥 좋아하게 되는 마음을 보호하려는 방어기제에서 나온 비겁함일 터였다. 그 비겁함으로, 김지은은 성해윤의 덤덤함에 당황한 마음을 숨기기 위해 점점 더 술에 취해갔다. 성해윤의 태도에는 엄마 장은수를 엄마가 아닌 독립된 한 인간 장은수로 보기 위해 아주 오래 노력해온 사람만의, 두 사람 사이에 어떤 과거와 현재와 미래의 사정이 있는지는 몰라도 그것으로부터 자신의 삶이 기울어지지 않도록 지키겠다고 결심하고 그것을 실천해온 사람만이 도달한 어떤 성숙한 균형과 존중이 있었다. 그것은 김지은이 엄마 베로니카와의 관계 형성에서 결코 이뤄보지 못한 사적인 거리감과 동등함이었다.

그날 김지은이 혼란한 마음을 숨기려고 점점 더 취해가는 사이 성해윤 역시 술에 취해서인지 헛소리에 불과한 이야기들을 떠들기 시작했는데, 그중에는 이런 이야기도 있었다.

"생각해보니까, 그거 좋은 방법 같아요."

"뭐가요?"

"이모를 버리는 거요."

"그게 좋다고요?"

성해윤이 키득거리며 웃더니 은밀한 고백이라도 하는 사람처럼 김지은의 귀에 입술을 바짝 들이대고는 이렇게 속삭였다.

"왜 있잖아요. 교환 살인 같은 거. 추리소설에 자주 나오잖아요. 그런 식으로 나중에요. 나중에 우리 둘이 돌봐야 할 짐이 된 엄마를 서로 버려주기로 약속하는 거예요. 그러면 각자 이모만 버리면 되잖아요. 엄마는 버리지 않아도 되고. 사실 엄마를 버리는 것보다는 확실히 이모를 버리는 게 더 수월하잖아요? 그런 식으로 어차피 버리는 건 똑같으면서 죄책감은 덜어보는 것, 괜찮은 교환 방식 같아요."

그러더니 지은 씨는 버릴 이모가 하나뿐이니 얼마나 다행이에요. 나는 버릴 이모가 몇인지 셀 수도 없다고요. 청년 한 명이 한 명의 연고 없는 노인을 책임져야 할 시대가 곧 온다는데, 저 같은 경우는 이모 농사를 오죽 잘 지었어야 말이죠, 지은 씨

시높에 나오는 인물이 꼭 저 같더라니까요, 하고 투덜대기도 했다. 그러고는 이렇게 물었다.

"나중에 우리 둘이 진짜 이모를 버리러 가는 다큐멘터리 찍어도 되겠다. 아니면 지은 씨가 좋아하는 블랙코미디 같은 거 찍어도 되고. 그런 거 재밌지 않을까요?"

어떤 닫힌 현실이라도 그 안에 나중과 영화라는 말을 붙여 창문을 내면 답답한 현실도 얼마든지 유쾌한 소동극이 될 수도 있었지만, 그러나 나중은 언제나 나중으로만 존재한다. 영화도 마찬가지였다. 그럼에도, 김지은은 두 명의 이모이자 두 명의 엄마, 그리고 또 다른 이모들을 싣고 어딘가의 해안도로를 따라 달리는 작은 캠핑카 안의 두 사람을 그려보았다. 아마도 그 캠핑카의 한쪽에는 ㈜이모 줍는 사람들, 이라고 적혀 있겠지. 이모를 버리기 위해서는 먼저 이모를 주워야 하니까. ㈜이모 줍는 사람들, 줄여서 ㈜이사는 전국 각지의 이모네 식당을 거점으로 움직이고 그 식당의 유리문에는 늘 이렇게 적힌 공고가 붙어 있을 것이다. '이모 구합니다.' 그리고 이야기는 스스로를 구하려는 이모들이 그 식당의 문을 두드리는 것으로 시작된다. 그렇게 이모들이 모여 유랑단이 꾸려지고 그리고 또.

김지은이 성해윤이 열어놓은 나중과 영화의 열린 문을 열고 나가며 그런 헛된 상상을 하는 사이 성해윤이 덧붙였다.

"참, 그러면 운전을 할 줄 알아야 하는데. 난 차도 없고 운전도 못 하는데, 지은 씨 운전하던가요? 아, 장롱면허라고 했지. 그러면 미영 이모한테 부탁하면 되겠다."

"미영 이모요?"

"네. 복미영이라고. 그래도 되는 사람이에요. 지은 씨도 만나보면 알게 될 거예요."

성해윤이 김지은의 눈을 똑바로 응시하며 말했다. 그때 알았다. 성해윤은 취하지도 않았고, 헛소리를 하는 것도 아니었다. 분명히 성해윤은 그렇게 말했었다. 자신은 그래도 되는 사람이 될 생각이 없다고. 그러면서 복미영을 김지은에게 소개해주는 것이다. 이런 말과 함께. 그래도 되는 사람이에요. 만나보면 알게 될 거예요.

▶

이것 역시 나중에 알게 된 거지만.

그래도 되는 사람에는 두 가지 의미가 있었다.

1) 함부로 해도 되는 사람. 경우를 지키지 않아도 되는 사람. 가족의 호칭을 도용해 막 대해도 미안해하지 않아도 되고 실례를 범해도 사과하지 않아도 되는 사람. 내가 하기 싫은 일을 떠넘겨도 기꺼이 떠맡아 해줄 만만하고 호락호락한 사람.

2) 누군가에게 그래도 되는 한 사람이 되어주기 위해, 만만하고 호락호락한 그 '됨'에 이르기까지 태연하게 마땅한 일들을 하고 위대하지 않은 일들을 잘게 쪼개어 일상으로 하는 사람. 그리하여

<u>스스로</u> 획득한 자유와 숭고함으로 자신을 누군가의 그래도 되는 자리에 두고 버텨낼 수 있는 경지, 그래도 '되는'에 이른 사람.

  김지은의 경우는 1)의 의미로 사용했고 성해윤은 김지은이 1)의 의미로 받아들일 것을 알면서도 2)의 의미로 복미영을 언급했다는 건 나중에야 알게 된 사실. 그러나 결국 이 두 개는 같이 가야만 하는 것이었다. 1)이기에 2)가 가능한 것. 1)이기에 2)여야 하는 것.

▶

 복미영은 은수 이모가 베로니카의 집으로 들어오기 전에 함께 살던 동거인으로 김지은도 그 시절, 복미영을 만난 적이 있었다. 아직 은수 이모가 순례 씨 식당의 단골손님일 때였다. 망상 증세가 심해져 집에서 더 이상 돌볼 수 없게 된 베로니카를 입원시키기 위해 순례 씨가 은수 이모에게 도움을 요청했을 때, 경기도 광주 외진 곳의 정신병원까지 베로니카를 태워다준 사람이 복미영이었다. 그날 베로니카와 순례 씨, 은수 이모까지 세 사람이 병동 안으로 들어간 후, 김지은은 대기실에 남아 두 사람이 나오기를 기다리며 가져온 책을 펼치고 힘껏 쥔 연필로 책의 문장들에 밑줄을 긋기 시작했다. 반듯한 선들. 잘 다듬어진 문장과 그것을 기억하기 위해 긋는 반듯한 선들만이 자신을 정상과 평균과 보통의 경계 밖으로 넘어가지 않도록 지켜줄 거로 믿었다. 그러다 너무 힘을 주었는지 연필심이 부러졌는데, 김지은은 그것이 부러진 줄도 모르고 심이 부러진 연필로 계속 밑줄을 그어가며 책을 읽었다. 부러진 연필로 그은 선은 선이 아니라 균열이었다. 부러진 연필로 반복해서 같은 문장 아래 선을 긋고 또 그은 탓에 결국 종이가 찢어졌을 때에야, 김지은은 연필심이 부러졌다는 것을 인지했다. 그런데도 그어지지 않는 밑줄을 긋는 걸 멈출 수가 없었다. 부러진 연필은 이미 연필이 아닌 칼이었다.

그때, 옆에 있던 복미영이 연필을 움켜쥔 김지은의 손을 붙잡더니 천천히 손가락을 풀어 연필을 빼앗아 갔다.

"돌려줘요."

김지은이 말했다.

"돌려주세요."

뭐라도 움켜쥐고 있고 싶었다. 뭐라도 쥐고 뭐라도 아주 보통으로 보이는 규칙적인 무언가를 계속해야 했다. 자신이 움켜쥘 수 있는 것, 움켜쥐고 자신의 뜻대로 의지대로 움직일 수 있는 건 그것뿐인 것 같았다. 그것만이 분명하고 혼란하지 않게 작동하는 나를 자신과 남에게 증명하는, 정상성의 세계에 속하는 의식인 것만 같았다. 그러지 않으면, 그거라도 계속하지 않으면 자신도 영영 혼란 속에서 떠다니게 될 것만 같았다. 그러나 돌려달라고 내민 김지은의 손안에 들어온 것은 연필이 아니라 손이었다. 조금은 거칠고 축축한 복미영의 손.

복미영은 김지은의 손을 꼭 쥐고 병원 밖으로 나가더니 자신의 차 옆자리에 태웠다. 그리고 물었다.

"미친개와 무지개가 있어. 무엇을 보러 가볼래?"

미친개는 뭐고 무지개는 뭐람. 무지개 대신 미친개를 보고 싶다고 대답하는 사람이 있기는 할까? 김지은은 아무것도 선택하지 않았지만 복미영은 상관하지 않고 차를 출발시켰다.

다시 병원으로 돌아왔을 때는 이미 병원의 불은 다 꺼진 상태였고, 면회 시간이 지나 아무도 없는 병원의 마당 한구석에 순례 씨와 은수 이모만이 추위에 떨며 두 사람을 기다리고 있었다. 혼날 각오를 했지만 순례 씨도 은수 이모도 김지은을 혼내지 않았다. 대신 김지은과 함께 차에서 내리는 복미영의 등을 호되게 때리며 은수 이모가 복미영의 귀에 입술을 갖다 대고는 이렇게 속삭였다.

"또 못된 장난을 치고 왔구나. 다음엔 나도 같이 가."

그러자 복미영은 간지러운 듯 어깨를 움찔하며 달뜬 웃음소리를 내뱉더니 김지은을 돌아보며 짓궂은 미소를 짓고는 말했다.

"나중에 또 우리끼리 못된 장난을 치러 가자."

둘이서 어떤 못된 장난을 쳤더라. 전부는 기억나지 않지만 뒤늦게 어렴풋이 기억나는 것도 있었다. 복미영이 갑자기 끼어든 옆 차선의 운전자를 향해 날린 처음 들어본 걸쭉한 욕설에 놀란 김지은이 저도 모르게 피식 웃음을 터뜨리자 복미영이 이런 거 재미있어하는구나, 하면서 들려준 화려한 욕설들을 소리 내어 가만가만 따라 해보던 일, 쇼핑몰에서 아이쇼핑을 하다가 사람들이 없는 틈을 타 마네킹의 손가락을 중지만 남겨놓고 모두 접고 있는 복미영을 위해 맘 졸이며 망을 봐주던 기억, 진열된 헝겊 인형의 얼굴을 손으로 조물조물 만져 못생기게 찌그러뜨리고 도망치던 것, 카페의 다른 테이블에 있는 연인의 대화를 우스꽝스럽게 상상하며 깔깔대는 복미영을 보고는 어이없어 웃다가 동참해버린 기억, 화장실에 붙어 있는 그럴듯한 격언에 낙서를 해서 말도 안 되는 농담으로 바꿔버린 것, 그런 시시한 것들. 그렇다고 달라지는 건 아무것도 없었지만, 그렇게 별것 아닌 못된 장난들을 치고 다시 어둠이 내린 병원으로 돌아왔을 때는 부러진 연필로 밑줄을 긋고 싶은 생각도 말끔히 사라져 있었다.

나중에야, 김지은은 그때 복미영과 했던 못된 장난들을 떠올릴 수 있었다. 어떤 기억은 완전히 지워졌다가 몇 년이 흐른 후에야 아주 선명히 되살아나곤 했는데, 복미영과의 기억이 그랬다. 생각해보면 복미영은 처음부터 그런 사람이었다. 미친개와 무지개 사이의 사람. 누군가에게는 미친개가 되고 누군가에게는 무지개도 될 수 있는 사람. 무지개 대신 미친개를 보러 가는 걸 택하기도 하는 사람. 그러나 그때는 아직 알 턱이 없었고. 김지은이 그것을 깨닫기까지 어떤 일이 있었느냐면 그날 부곡하와이(폐장)로 가는 길에는▶▶

6 부곡하와이(폐장)에 가자

 토요일 오전, 김지은은 약속 장소인 동네북살롱 앞에서 복미영을 기다렸다. 복미영은 약속한 열 시에서 딱 3분 먼저 도착했는데 그것이 복미영의 시간이라고 나중에 분홍 씨가 알려주었다. 3분 먼저. 컵라면 하나가 익을 정도의 시간이 복미영이 한 번의 만남에서 상대에게 아낌없이 내어줄 수 있는 다정의 온기라는 거였다. 사실 내 시간일 때의 3분은 매우 짧지만 매번 누군가에게 공짜로 거저 주기에는 어쩌면 꽤 긴 시간일 수도 있는 것이 컵라면이 맛있게 익는 3분의 크기였다. 나중에 김지은이 어떻게 매번 그래요? 하고 물으니 복미영은 다 팬 서비스에요. 큰 그림을 봐야지, 큰 그림, 하며 샐쭉 웃었다.

3분씩 그려서 큰 그림을 완성하려면 얼마나 여러 번, 여러 날들이 소요될까. 그래서 주는 사람은 내주는 걸 기억해도 받는 사람은 받았다고 기억도 못 할 3분 같은 팬 서비스는 좀 의미 없지 않나, 싶었는데 실은 그게 복미영이 바라고 원하는 일이라고 했다. 주는 사람은 알고 받는 사람은 눈치채지 못할 작고 보잘것없는 상냥함을 지속적으로 꾸준히 반복해서 오래 하는 것. 그게 팬을 대하는 복미영의 팬 서비스 원칙이었다.

그렇다면 이것도 그런 배려로 볼 수 있을까? 약속 시각 3분 전에 도착한 복미영은 운전석에서 종이 가방을 하나 꺼내더니 김지은에게 건네주었다.

"선물이에요."

가면서 먹을 간식이라도 싸 온 건가 싶어서 보니 그 안에 든 것은 셔츠였다. 노란 바탕에 큼지막한 꽃문양과 붉은 열매가 새겨진 알록달록한 하와이안 셔츠.

"이걸 왜요?"

"여행 기분도 낼 겸 같이 입으면 좋을 거 같아서요. 지은 씨 마음에 들면 좋겠는데."

그래서 보니 복미영 역시 김지은에게 건넨 셔츠와 비슷한 야자수와 파인애플이 그려진 푸른색 하와이안 셔츠를 입고 있었다. 설마 부곡하와이에 간다고 하와이안 셔츠를 입은 건가. 진짜 하와이도 아니고, 게다가 지금은 영업조차 하지 않는 부곡하와이를 가면서? 어쩌지, 김지은이 망설이는데 살롱 앞 화분에 물을 주러 나오던 방해진이 복미영을 보고는 웃음을 터뜨리며 말했다.

"꼴이 그게 뭐예요. 부곡하와이 간다고 하와이안 셔츠 입은 거야? 진짜 하와이 가는 것도 아닌데 굳이?"

그러게나 말입니다. 김지은이 하고 싶은 말이었다. 김지은은 대체로 무채색 계열의 옷만 입었다. 어릴 때는 몰라도 자신의 취향대로 옷을 사고 입기 시작한 후로는 한 번도 화려한 무늬가 들어가거나 색이 쨍한 옷을 입어본 기억이 없었다. 색을 쓰는 것, 선명하고 다채로운 색을 일상에 더하거나 사용하는 건 어쩐지 자신의 몫은 아닌 것만 같았다. 그런데 이토록 환한 노랑에 화려한 무늬가 들어간 하와이안 셔츠라니. 이런 건 좀 부끄럽지 않나. 그것도 진짜 하와이도 아니고 부곡하와이에 가면서. 차마 드러내놓고 말은 못하고 속으로만 난감해하는데 복미영이 김지은의 카메라를 가리키며 방해진에게 말했다.

"진짜가 아니니까 더 진짜처럼 굴어야지. 굳이 이런 걸 입는 것만으로도 꼭 진짜 하와이에 가는 기분이 된다니까?"

"진짜 하와이에 가는 기분을 알긴 하고요?"

방해진이 묻자 복미영이 웃었다.

"아니. 나야 모르지. 근데 그래서 좋잖아. 난 진짜 하와이 가는 기분을 모르니까 지금 이 기분이 내가 아는 '진짜 하와이에 가는 기분'이 될 수 있는 거거든."

그렇게 말하며 복미영이 김지은을 향해 짓궂은 미소를 지으며 어깨를 으쓱했다. 나중에 또다시 못된 장난을 치러 가자, 라고 말했던 그날처럼. 가장무도회도 아니고 진짜도 아닌 걸 굳이 진짜처럼 가장하면서까지 부곡하와이에 가서 도대체 뭘 하려는 걸까. 이런 건 그냥, 헛짓거리에 불과하다고 생각하면서도 김지은은 복미영이 준 하와이안 셔츠를 걸쳐 입었다. 복미영이 헛짓거리를 하고 싶어 한다면 이런 것쯤은 얼마든지 동참해줄 수 있었다. 더 하라고 독려하고 격려할 수도 있었다. 김지은이 복미영에게 바라는 것이 그런 헛짓거리였으니까.

은수 이모가 복미영과 성해윤을 떠나 베로니카에게 오기까지, 어떤 일이 있었는지 김지은은 몰랐다. 그것은 계속 모를 일이었다. 그러나 오래전 떠난 난봉꾼 남편이 늙고 병이 들어 돌아왔을 때, 그 늙고 병든 남편을 끝까지 돌봐주는 어리석은 이모들의 이야기라면 많이 듣고 보아왔다. 그것은 이상한 방식의 복수였다. 쓰레기를 거두어주는 것으로 자신이 더 나은 인간이라는 것을 증명하기 위해 제 삶을 갉아먹는 이모들은 어디에나 있었다. 그런 헛짓거리를 숭고한 희생이라 생각하는 이모들과 복미영은 얼마나 멀고 얼마나 가까운가.

김지은은 알고 싶었다. 복미영은 정말 그래도 되는 사람인지. 나중에 김지은이 복미영 팬클럽의 특전이라는 버리기 신청권을 사용할 때 그것이 은수 이모를 복미영 본인에게 버려달라는 요청이라도 들어줄 수 있는 사람인지, 김지은은 알고 싶었고 알아야만 했다. 오늘, 단 한 명의 팬을 위해 설계했다는 복미영의 역조공 팬 서비스 이벤트에 동참하는 일이 그 질문에 대한 답이 되어주기만 바랄 뿐이었다.

  김지은이 하와이안 셔츠를 입고 옆자리에 타자 복미영은 만족한 듯 웃으며 내비게이션에 목적지를 입력하기 시작했다. 부곡하와이. 그러나 아래의 화면에 뜬 것은 이런 추천 검색어였다.

▶ 부곡하와이(폐장)

  그것을 보기 전까지, 김지은은 몰랐다. 어떤 목적지는 이미 그곳에 없는 상태로만 존재한다는 걸. 나중에 찾아보니 부곡하와이가 폐업한 건 2017년 5월 28일, 1982년 4월에 개장한 지 35년이 지난 후였다. 그러니 지금 있는 건 부곡하와이가 아니라 부곡하와이(폐장)뿐이었다. 그것을 내비게이션은 다시 확인시켜주는 것이다. 그럼에도 출발하겠느냐는 듯이.

쉽게 갈 수 없는 먼 곳의 하와이 대신 가까이에 존재했던 하와이. 가짜 하와이지만 누구에게는 진짜 하와이기도 했던 곳. 그러나 영업은 끝나고 문은 닫혔다. 이제는 진짜 하와이보다 더 가기 힘든 곳. 영영 갈 수 없는 곳. 그들이 가려는 곳은 바로 그런 곳이었다. 그럼에도, 없는 채로 닫힌 문 뒤에 여전히 존재하는 곳.

부곡하와이(폐장)까지 예상 도착 시간은 세 시간 44분 후였다.

▶

동행과 경청.

복미영의 차 대시보드 위에는 그런 문구가 새겨진 스티커가 붙어 있었다. 김지은은 카메라로 그것을 촬영하기 시작했다. 얼마 전에야 알게 된 거지만 경기 남부 지역에서 운전 개인 연수를 받은 여자들 중에는—어쩌면 경기 북부와 서울 일부 지역까지도— 복미영을 모르는 사람이 없다고 했다. 그것은 성의껏 운전을 잘 가르쳐주기 때문이기도 했지만 복미영이 그렇게 알게 된 연수자들, 주로 자기 차량 없이 장롱면허만 가지고 있다가 연수 후에는 연수한 장롱면허를 가지게 된 여성 운전자들이 꼭 차가 필요한 일, 믿을 만한 사람에게 운전대를 맡겨야 하는 일에는 시간당 개인 연수 비용으로 책임지고 동행을 해주곤 했기 때문이었다. 그 동행이 끝나고 나면 대리운전을 해준 연수자들의 사정에 따라 유류비 정도만 제하고는 대부분의 비용을 같이 못된 장난을 할 수 있어서 즐거웠다는 명목으로 돌려주었다고 했다. 이 동행을 통해 무언가 버릴 수 있었다면 그것으로 만족한다면서. 그런데 왜 그것이 온라인 커뮤니티 같은 곳에 소문이 나지 않았는지 궁금했으나 곧 이유를 알게 되었다. 누구도 자신의 부끄러운 사정을 동네방네 떠벌리고 싶지 않았을 테고 그런 일에 동행해줄 침묵의 기사이자 공모자로 복미영을 필요로 했기 때문이었다. 나중에 듣기로, 성해윤의 표현에 의하면 복미영은 '집에서 솥뚜껑 운전이나 하지'와 '운전대를 맡기다'라는 문장 사이에 존재하는 보이지 않는 기사였다. 복미영의 차에 이런 스티커가 붙어 있는 것도 그런 이유일 터였다. 동행과 경청. 그것이 복미영이 자신의 차에 타는 모든 사람들에게 제공하는, 그리고 요구하는 톤 앤 매너라고 했다. 복미영의 차에 탄다는 건 그것을 경험하고 실천하는 일.

그렇다면 팬을 위한 역조공 이벤트도 혹시 이런 일종의 기사 활동과 관계있는 걸까. 폐장한 부곡하와이와 하와이안 셔츠, 혼자 만든 팬클럽과 실체 없는 팬을 위한 팬 서비스, 자신에게 촬영을 부탁한 것까지, 도대체 복미영이 오늘 하려는 게 정확히 무엇인지 알 수 없었다. 그걸 알아낼 방법은 하나뿐이었다. 동행하고, 묻고, 경청하기.

"오늘 부곡하와이에 가시는 이유가 팬을 위한 역조공 이벤트 때문이라고 하셨잖아요. 그게 혹시 어떤 건지 여쭤봐도 될까요?"

김지은이 운전하는 복미영의 모습을 촬영하며 조심스레 물었다. 자신을 찍는 카메라가 신경 쓰이는지 복미영이 살짝 민망한 표정을 지으며 답했다.

"그게, 실은 저도 확실히 몰라요."

복미영이 모른다면 도대체 누가 안단 말인가.

"모른다고요? 팬을 위해 직접 이벤트를 준비한 거 아니었나요?"

"그렇긴 한데, 제가 뭘 해야 할지는 내가 정하는

게 아니고 팬이 정하는 거라서요."

"그럼 가서 무얼 할지는 본인도 모른다고요?"

"네. 그러니까 더 좋잖아요."

"뭐가요?"

"지금은 모르지만 나중에, 나중의 나는 내 팬을 위해 무언가 하는 사람일 거잖아요. 그게 무언지는 모르지만요. 그런 생각 하면, 좋지 않아요?"

복미영이 침이 가득 고인 끈적한 말투로 그렇게 말하고는 옆에 놓인 종이컵에 침을 퉤, 하고 뱉었다. 김지은이 카메라를 내려놓고 인상을 찌푸리며 고개를 돌리자 복미영이 머쓱하게 웃더니 덧붙였다.

"굳이 말하자면요, 이런 게 복미영 팬클럽이 하는 일이거든요."

"어떤 거요?"

복미영이 손가락 끝으로 침 뱉은 종이컵을 톡톡 가리켰다.

"이런 거요."

"침을 뱉는 거요?"

"네, 침을 삼키지 않고 뱉는 일."

그러면서 복미영이 들려준 이야기는 다음과 같다.

▶

　데이빗 보위와 뉴 키즈 온 더 블록 사이에 전혜린이 있었다.
　복미영이 전혜린을 처음 알게 된 건 열여섯 살의 봄이었다. 그 당시 전혜린의 책은 소위 문학소녀들의 필독서였다. 루이제 린저의 『생의 한가운데』와 에밀 아자르의 『자기 앞의 생』, J. D. 샐린저의 『호밀밭의 파수꾼』과 헤르만 헤세의 『데미안』, 그리고 나면 『다락방의 꽃들』과 할리퀸로맨스 시리즈, 강경옥과 황미나, 보들레르와 랭보, 최승자와 황동규와 실비아 플라스와 전혜린이 있었다. 복미영은 전혜린의 에세이 『그리고 아무 말도 하지 않았다』와 『이 모든 괴로움을 또 다시』를 언니가 입원한 정신병원 1층의 대기실에서 읽었다. 전혜린의 책은 폐쇄병동에 입원했다가 한 달 후 일반병동으로 옮긴 언니가 가져다 달라고 부탁한 물건 중 하나였다. 하지만 그 책은 반입이 금지되었다. 엄마가 이불과 속옷 같은, 부드럽고 무해한 것들만 들고 병동으로 들어간 후 복미영은 잠긴 철문 밖에서 엄마를 기다리며 엄마가 두고 간 언니의 책들을 넘겨보기 시작했다. 책에는 언니가 그은 밑줄들이 곳곳에 있었다. 예를 들면 이런 문장들에.

—무를 견딜 수 있는 경지를 내 속과 내 주변에 만들어야 한다. 우리의 삶이란 결국 부단히 나에 이르는 길 외의 아무것도 아닌 것이다. (중략) 언제나, 언제나 너 자신이어야 한다. 아무 앞에서도, 어디에서도…… 우리의 일회성을 명심하고 일순간을 아끼자. 미칠 듯이 살자.*

* 전혜린, 『이 모든 괴로움을 또 다시』, 민서출판사, 125쪽.

그때 책을 덮었어야 했다. 더 이상 궁금해 하지 말았어야 했다. 그러나 복미영은 그러지 못했다. 가방에는 늘 전혜린의 책이 있었다. 그러면 덜 무서웠다. 뭐가 그렇게 무서웠는지는 몰라도 무언가가 덜어졌다. 더 무서웠어야 했나? 그때 그러지 않았다면, 그 후 연속성 없는 자투리로 이루어진 위대하지 않은 삶의 행방이 무언가 달라졌을까? 그렇게 된 일은, 그렇게 되기로 했기 때문이 아니라 그렇게 되지 않을 수도 있었던 일이었을까? 그 후로도 오래 복미영은 생각했지만 그때 몰랐던 것은 지금도 여전히 알 수 없을 뿐이었다.

전혜린을 통해 새롭게 사귀게 된 친구도 있었다. 학교의 작은 도서관에서 전혜린의 에세이를 펼쳐놓고 노트에 필사를 하고 있을 때였다. 처음 보는 다른 반의 아이가 다가와 물었다.

"그 책이 그렇게 재미있니? 나도 빌려줄래?"

전혜린의 책에 대해 물어본 아이는 그 아이가 처음이었다. 나만 알고 싶고 나만 좋아하고 싶은 전혜린을 다른 사람과 공유하는 것. 그것이 좋아하는 것을 더 좋아하는 방식이라는 것을 그때 처음 알게 되었다. 그런 것이 우정이라는 것도. 그 친구가 은조였다.

　복미영은 은조와 같이 전혜린과 관련된 책들을 읽어나가기 시작했다. 함께 도서관에 앉아 전혜린이 번역했거나 언급한 책들, 이미륵의 『압록강은 흐른다』와 에리히 케스트너의 『파비안느』, 하인리히 뵐의 『그리고 아무 말도 하지 않았다』와 프랑수아 모리아크의 『테레즈 데케이루』를 읽었다. 사르트르와 파스테르나크를 읽고 존 오즈번의 희곡 『성난 얼굴로 돌아보라』를 함께 낭독했다. 로제 마르탱 뒤 가르의 『회색 노트』를 읽은 후에는 책 속의 주인공 다니엘과 자크처럼 두 사람만의 회색 노트도 교환했다. 처음에는 각자 읽은 책의 감상문을 쓰거나 좋은 문장을 필사한 것을 주고받았는데 차츰 은조의 내밀한 고백이 이어졌다. 복미영의 사물함에는 회색 노트뿐 아니라 종이로 접은 장미꽃이나 작고 귀엽고 예쁜 것들, 리본이 달린 머리핀이나 돌고래 모양의 지우개가 들어 있기도 했다. 2, 3일에 한 번씩 돌아오는 회색 노트를 기다리기가 힘들 때면 은조는 스케치북을 찢어 복미영의 사물함에 넣어두었다. 그 도화지에는 체육 시간에 운동장에서 피구를 하는 복미영의 모습이나 학교 도서관의 창가에 앉아 책을 읽는 복미영의 옆모습을 빨간 펜으로 그린 스케치와 함께 팝송 가사나 랭보나 보들레르의 시가 적혀 있었다. 왜 하필 빨간 펜일까. 궁금해진 복미영은 이렇게 묻기도 했다.

"왜 하필 빨간 펜이야? 사람 이름은 빨간색으로 쓰는 거 아니라던데."

그러자 은조가 잠시 머뭇거리더니 속삭였다.

"공부하다가 중요한 거, 꼭 기억하고 싶은 내용엔 빨간 펜으로 밑줄을 긋잖아. 잊지 않으려고. 오래 간직하려고."

그러고는 불안하게 눈동자를 굴리며 이렇게 덧붙였다.

"혹시 네가 기분 나쁘다면 앞으로는 빨간 펜으로 그리지 않을게."

그 말은 복미영을 두렵게 했지만 그러나 거부하고 싶지 않은 두려움이기도 했다.

"아니야, 괜찮아."

복미영은 그렇게 말했다. 마치 은혜라도 베푼다는 듯이 너그러이.

"네가 하고 싶다면, 나는 괜찮아."

회색 노트가 반 아이들에게 발견되어 놀림감이 되기 전까지는 정말로 괜찮았다. 자신을 좋아하는 방식이 조금 과하다고 생각했지만 그렇다고 싫지는 않았다. 똑같은 머리핀이나 머리띠를 하는 것, 아끼는 샤프와 볼펜을 따라 사는 것, 앞머리를 자르고 나면 며칠 후 똑같이 자른 앞머리로 나타나는 것, 복미영이 듣는 노래를 듣고 좋아하는 영화를 같이 좋아하고 사물함을 같은 식으로 꾸미고 같은 에코백을 사고 실내화에 똑같은 그림을 그려 넣는 것. 그런 것들에 대해 다른 친구들이 수군거리며 기분 나쁘지 않으냐고 물었지만 괜찮았다. 누군가 나를 좋아한다. 팬처럼, 내가 리버 피닉스와 카뮈를 좋아하고 샐린저의 책에 나오는 홀든과 시모어를 좋아하고 카미유 클로델과 전혜린을 좋아하는 것처럼. 그 감정은 나쁘거나 잘못된 게 아니라고 생각했다. 그러나 친구들에게 회색 노트에 적힌 적나라한 고백을 들킨 순간 두 사람의 관계는 수치스러운 무언가가 되어갔다. 날것의 문장이 적힌 교환일기를 본 반 친구가 신기하다는 듯이 물었다.

"뭐야, 너, 그쪽이야?"

그쪽이라는 게 무얼 의미하는지도 생각할 겨를 없이, 복미영은 격렬하게 부정했다.

"아니. 절대 아니야."

그쪽이 무엇을 의미했건, 그것은 우리 쪽이 아니라는 말이었다. 반대편으로 떠미는 말이었다. 너는 우리와 다르구나, 라는 의미였다. 그것은 복미영이 절대 원하지 않는 것이었다. 나는 아니야. 나는 이쪽이야. 절대 그쪽이나 저쪽으로 건너가지 않을 거야.

그날 이후 새롭게 알게 된 사실이 있었다, 은조가 자신의 반에서 은밀한 따돌림을 당하는 아이라는 것. 몰랐을 때는 몰라도, 알게 되니 은조의 행동이나 말에서 따돌림을 받을 만한 점이 있는지, 따돌림에 정당성을 부여할 당위성을 자꾸만 찾게 되었다. 따돌림을 당하는 건 안타깝지만, 그래도 이유 없는 따돌림이 있을까? 자꾸만 그런 생각이 들었다. 은조가 복미영을 따라 한다는 것이, 복미영과 회색 노트를 교환한다는 것이, 은조를 더 따돌림 당하도록 만들고 있다는 걸 알게 된 후에는 은조를 볼 때마다 더 열심히 찾게 되었다. 은조가 자신과 상관없이 따돌림 당할 만한 이유가 분명히 있을 거라고. 복미영은 그러는 자신이 무섭게 느껴졌다. 그래서 자신의 그런 마음을 숨기려고 학교 안에서는 서먹하게 굴어도 학교 밖에서는 은조와 더 소리 내어 웃고 떠들었다. 그리고 그 일이 일어났다.

그날, 복미영은 은조와 팔짱을 낀 채 건널목 앞에 서 있었다. 저물어가는 햇살이 따스하게 교복을 입은 어깨를 감쌌고 바람은 드러난 종아리를 어루만지듯 부드럽게 불어왔다. 복미영은 은조와 지금은 기억나지 않는 별것 아닌 이야기들, 둘 사이에서만 웃긴 소소한 잡담을 나누며 경쾌한 웃음을 터뜨렸다. 평소와 다르지 않은 하굣길이었다. 그때 바람에 보라색 꽃잎들이 날렸고 은조가 빤히 복미영을 쳐다보다가 복미영의 얼굴 쪽으로 손을 뻗었다.

"왜?"

복미영이 흠칫 뒤로 물러서며 묻자 은조가 웃으며 대답했다.

"머리에 꽃잎이."

"어, 그냥 둬."

복미영이 말하자 은조가 손을 내리고는 후후 웃었다. 그러더니 자신도 떨어진 꽃잎을 주워 머리에 얹었다. 그 모습이 어이없고 우스워 복미영이 피식 웃자 은조가 뭐가 그리 즐거운지 소리 내어 큰 소리로 웃기 시작했다. 너무 큰 웃음소리에 복미영이 놀라 쉿, 소리를 내자 은조가 더 큰 소리로 웃었고 그게 우스워서 복미영 역시 소리 내어 웃기 시작했다. 이게 뭐라고 자꾸 웃긴 걸까, 우리 진짜 미쳤나봐, 그런 말들을 속삭이기도 했다.

그런데 그때, 위에서 무언가 떨어졌다. 깜짝 놀라 어깨를 움츠리고 보니 그것은 복미영을 조금 비켜 보도블록 위로 떨어졌다. 끈끈한 점액질의 침이었다. 고개를 들어보니 건널목에 바투 닿아 있는 건물의 창문으로 한 남자가, 흰 러닝셔츠를 입은 어른 남자가 매우 불쾌한 표정으로 복미영과 은조를 내려다보고 있었다. 그러더니 다시 한 번 침을 뱉었고, 이번에는 복미영이 은조의 팔짱을 낀 채 그 침을 피하는 바람에 끌려온 은조의 정수리에 맞춘 듯이 침이 떨어졌다. 은조의 단정한 검은 단발머리 사이로 끈적한 허연 침이 천천히 흘러내리는 것이 보였다. 은조가 말했다.

"괜찮아. 난 괜찮아, 미영아."

자꾸만 괜찮다고 중얼거리는 은조 대신 눈을 질끈 감으며 얼굴을 감싸고 그 자리에 주저앉은 것은 복미영이었다.

"꼴좋다."

복미영은 머리 위에서 남자가 이렇게 중얼거리는 소리를 들었다.

"미친년들. 뭐가 그리 즐겁냐. 시끄러워, 시끄러워 죽겠네. 웃지 마, 쌍년들아."

다음 날부터 복미영은 은조를 피했다. 회색 노트도 더 이상 주고받지 않았다. 그러나 은조는 멈추지 않았다. 사물함에서 은조가 놓아둔 네 번째 회색 노트를 발견한 날, 복미영은 그 노트에 가득 그려진 자신의 얼굴과 붉은 펜으로 휘갈겨 쓴 연애 시들, 그리고 은조 본인이 복미영이 그토록 좋아하는 전혜린, 죽은 전혜린의 환생인 것 같다는 말도 안 되는 망상들이 빼곡하게 적혀 있는 것을 보았고 그것을 본 같은 반 친구가 이상한 시선으로 쳐다보며 걱정스레 묻는 소리를 들었다.

"애 좀 미친 거 아니니? 너 설마 저런 애랑 요즘도 어울리는 거 아니지?"

그때 복미영은 어떻게 반응했더라. 고개를 저었겠지. 그랬을 것이다. 아니라고 부정했겠지. 그랬을 것이다. 그게 복미영이니까. 소심하고 우유부단하고 타인의 시선으로 자신을 재단하고 스스로를 단죄하기를 즐겨하는 복미영이 할 법한 일이었으니까. 미친 건 내 인생에 언니 하나로 충분하다고, 둘은 안 된다고 중얼거리던 게 그 무렵 복미영의 간절한 기도였으니까. 그리하여 복미영은 방과 후 은조를 찾아가 회색 노트를 내팽개치듯 건네주며 말했다.

"나 좀 좋아하지 마. 기분 더러워지니까."

그래, 그 말을 내뱉은 건 복미영 자신이었다. 그 말에 가장 먼저 찔린 사람 역시. 그러나 그때 자신의 머리 위로 떨어진 침을 대신 맞아준 은조에게 할 수 있는 말이라곤 그런 것뿐이었다. 더 이상 나를 좋아하지 마. 그건 너도 더러워진다는 의미, 네가 거리에서 누군지도 모르는 이에게 침을 맞게 되리라는 의미, 우리 둘이 함께 걷고 함께 즐겁고 함께 머리에 꽃을 꽂은 채 서로를 향해 웃는다는 건 우리가 미친년이 된다는 의미. 복미영은 그때 알았다. 친구의 머리에 떨어진 침을 대신 맞고 싶은 마음, 그래도 좋고 그래야만 좋은 그런 마음은 위험하다. 그렇게 불온하고 위험한 마음은 우리를 미친년으로 만들고야 말 거였다. 복미영은 미치고 싶지 않았다. 그러므로 누구도 자신을 좋아하지 않기를, 누구도 진심으로 좋아하게 되지 않기를 꿈꿨고 그 꿈은 어렵지 않게 이루어졌다. 복미영이 내뱉은 침은 그대로 복미영에게 되돌아왔다.

▶

　방학이 끝나고, 은조가 자퇴하고 독일로 유학을 갔다는 소식을 들었다. 전혜린의 에세이를 읽으며 언젠가 같이 슈바빙에 가자고 했던 약속이 떠올랐다. 혼자라도 그 약속을 이루어서 다행이라고 생각했다. 누군가는 은조가 진짜 미쳤다고, 그래서 독일에 간 게 아니라 병원에 입원을 했다고 속닥거렸지만 복미영은 믿지 않았다. 그 소문을 믿는 순간 그게 진짜가 되어버릴까봐. 자신의 기도, 언니에게 들리던 환청이 어딘가에 가닿아야 한다면 그 끝에 자신이 아닌 은조가 있기를 바랐던 그 끔찍한 기도가 이루어졌을까봐.

그 후로도 복미영은 학교가 끝나면 그 건널목을 지나 집으로 돌아갔다. 건널목 앞에서 신호가 바뀌기를 기다리는 동안 그 건물을 올려다보거나 침을 뱉은 남자를 찾지는 않았다. 그날 이후 침을 맞은 적도 없었다. 그러나 신호등이 초록불로 바뀐 후에도 한참을 건널목 앞에 서서 건너지 않는 날들이 늘어갔다. 복미영은 무언가를 기다렸다. 무엇을? 무엇인지 알 수 없는 무언가를 그저 기다렸다.

고등학교를 졸업하고 술에 취한 어느 밤, 복미영은 그 길을 지나다가 불 꺼진 건물 위로 올라가본 적이 있었다. 1층에는 공인중개소와 치킨집이, 2층에는 마사지 숍이 있는 건물이었고 3층과 4층에는 각각 네 개의 문이 있었고 5층으로 올라가는 계단에는 자물쇠가 달린 문이 있었다. 건널목 쪽으로 창이 있는 방은 402호일 가능성이 컸지만 그때 침을 뱉은 남자가 지금도 살고 있을 것 같지는 않았다. 살고 있다 한들, 복미영이 할 수 있는 건 없었다. 하고 싶은 것도 없었다. 계단을 터덜터덜 내려오며 입안에 침을 한껏 모았으나 그것을 뱉지 못하고 도로 삼켰다. 다시 건널목 앞에 서서 초록불이 빨간불로 바뀌는 것을, 빨간불이 초록불로 바뀌는 것을 한참 바라봤다. 그리고 그때 자신이 기다렸던 게 무언지 알게 되었다. 그건 자신을 향해 뱉어지는 침이었다. 끈적끈적한 침. 지금은 친구가 아니게 된 오래전의 친구가 맞았던 것과 같은 침.

그래서는 아니지만, 복미영에게는 술만 마시면 침을 뱉는 버릇이 생겼다. 친구들도 어른들도, 특히 한때의 연인들이 질겁을 했다. 길에도 뱉고 물컵에도 뱉고 치근대는 남자한테도 뱉고 신발 위로 기어오르는 개미에게도 뱉었다. 개미는 도망가고 침은 복미영의 신발 위로 떨어졌다. 침이 애초에 겨냥했던 곳에 정확히 떨어지는 경우는 드물었다. 때로는 복미영의 입가에 매달려 있거나 복미영의 옷 위에 떨어지기도 했다. 술을 마시면 자꾸 초코우유가 먹고 싶어졌는데, 그럴 때면 술과 초코우유가 섞인 달고 검은 침들을 뱉어냈다. 어우 더럽게, 침 좀 뱉지 마 미친것아, 타박하면서도 입에 묻은 침을 닦으라고 냅킨을 건네주는 사람들이 있었다. 그런 사람들과는 어쩔 수 없이 친구가 되고 연인이 되었다. 우정도 사랑도 깊어질수록 더 자주 더 아무 데서나 침을 뱉었다. 친구도 떠나고 연인도 떠났다. 그러고 나면 침을 뱉고 싶은 마음도 사라졌다.

그러다 깨달았다. 복미영은 자신에게 호의를 가진 사람을 알아보는 눈이 있었다. 누구나 그렇겠지만 복미영은 그것을 좀 더 예민하게 눈치챘고 그것을 깨닫는 순간 침이 고였다. 그때의 침은 삼킬 수 없는 것이었다. 삼키는 순간 칼이 될 것을 알았다. 칼이 되어 언젠가 자신을 찌를 것을 알았다. 그래서 침을 뱉었다. 아무 데나 침을 뱉는 복미영을 보고도 도망가지 않으면 그는 복미영의 친구가 되거나 연인이 되었지만 둘 다가 되거나 지속되는 경우는 드물었다. 그러다가 그 관계가 깨지고 나면 침을 삼키는 일이 조금도 거북하지 않게 되었다. 무엇이 덜 거북한가의 문제였다. 무엇이 더 깨끗한가의 문제였다. 친구들이나 어른들은 침을 뱉는 게 더럽다고 했지만, 복미영이 느끼기에는 침을 삼키는 것이 더 더러웠다. 그러나 늘 그런 것은 아니었고, 어떤 욕망이나 열정, 누군가의 호의에 기대려는 마음, 누군가와 팔짱을 끼고 서로의 머리에 꽃을 꽂고 싶어지는 마음과 얽히는 순간의 침들이 특히 더러웠다.

작은 호의를 작은 호의로 받는 법을 복미영은 몰랐다. 작은 호의에 약속과 운명과 변치 않는 신의 같은 말들을 얼기설기 엮어 그것을 제 안에서 부풀리다가 마침내 산산이 조각내고 마는 것. 그것이 복미영의 더러운 침이 하는 일이었다. 더러운 침은 몸 안에 더러운 칼을 제련한다. 더러운 칼은 언젠가 나를 찌르거나 상대방을 찌르게 될 터였다. 그것이 칼이 하는 일이니까. 그러므로 칼이 되기 전에 뱉어내야 했다. 그것이 남들의 호의건, 남들의 호의에 더 큰 애정을 쏟아 붓고 싶은 마음이건, 끈적끈적한 점액질의 침이건 간에.

그래서는 아니지만, 으로 시작하는 모든 말들은 사실 그래서, 라는 말과 같았다.

한때 복미영은 자신에게 왜 그런 일이 생긴 건지, 그 침은 어디에서 온 것인지, 그 일이 인생을 어떻게 바꾸었고 어떻게 바꾸어갈 것인지 심각하게 고민한 적도 있었다. 그러나 그런 고민조차 자신의 삶이 위대함으로 가득하리라 믿은 어리석음에서 나온 것이라는 걸 알게 되었다. 생각해보면 살면서 맞이하는 모든 것이 의미 있는 건 아니었다. 사실 인생의 총합은 결정적이고 의미 있는 사건들, 기승전결이 분명하고 또렷한 플롯으로 이루어지는 게 아니라 어떤 식으로 회수될지 모를 알 수 없는 수많은 떡밥들, 기미와 징조와 암시만 남기고 소멸되는 크고 작은 헛다리 짚기로 이루어질 뿐인지도 몰랐다.

그 후로는 살면서 이해할 수 없는 일들 앞에서 복미영은 유레카를 외치듯 이렇게 중얼거리곤 했다. 맥거핀이네. 전개 과정에 크게 영향을 미치지도 않고 결과를 바꿀 만한 의미도 아니면서, 단지 관객의 주의를 끌고 혼란을 주기 위해 존재하는 단서들. 극의 초반에 중요한 것처럼 등장해 위기감을 형성하다가 흐지부지 사라져버리는 일종의 헛다리 짚기 용 장치들. 맥거핀이라고 치부해버리면 왜 내게 이런 일이 생겼는지, 이유를 알 수 없는 불길한 전개 앞에서 당혹해하는 시간과 크기를 한결 줄일 수 있었다. 무언가가 일어났지만 그것이 결과에 아무런 영향을 미치지 않을 것을 아는 것은 중요했다. 어떤 경고이건 단지 트릭에 불과하다고 생각하는 것만으로도 많은 불안의 순간들을 차분하게 관망하고 다음 단계로 넘어갈 수 있었다. 진짜 위험은, 어차피 아무리 경계하고 준비하고 조심한다 해도 닥치기 마련이다. 그러므로 더 열심히 좋아하는 것을 더 좋아하고 계속 좋아하기 위해 더 많은 허방을 짚고 더 많은 헛다리를 짚어도 되었다. 아는데. 아는 데도 그러지 못했다. 그렇게 시간은 흘러갔고 침을 뱉는 습관은 고치려고 애쓰지 않아도 차츰 고쳐졌다. 복미영에게 호의를 가지고 다가오는 사람들이 줄어든 탓이었다. 그 버릇이 다시 튀어나온 건 복미영 팬클럽을 만든 후였다.

뭐가 그리 무서웠던 걸까. 실은 그때 좀 더 못된 장난을 많이 했어야 했다. 회색 노트로 놀리는 친구들에게, 은조를 따돌리는 아이들에게, 침을 뱉은 그 남자와 자신을 좋아해주는 마음 앞에 작아지는 자신에게, 좀 더 못된 장난을 많이 쳤어야 했다. 그래야 했는데 그러지 못한 마음들이 침을 삼킬 때마다 날카로운 칼이 되어 복미영을 베어왔다. 그 칼들이 '나까짓 것'이 되고 나는 아마 '안 될 거야'가 되어 복미영을 작게 난도질했다. 그러니 그동안 뱉지 못한 침들을 이제라도 마음껏 함부로 뱉어내야 했다. 그때 은조를 위해 맞지 못한 침을 맞고, 뱉지 못한 침을 뱉는 것, 그것이 복미영이 자신의 가장 오래된 팬 은조를 위해 할 수 있는 때늦은, 어쩌면 그리 늦지 않았을지도 모를 팬 서비스였다. 그것이 복미영 팬클럽이 해야 하는 일, 오늘 복미영이 안티팬 멍든 하늘을 만나러 부곡하와이에 가는 이유기도 했다.

7 닫힌 엔딩 열기 북클럽

 결론부터 말하자면, 그날의 역조공 이벤트는 장렬히 실패했다. 어떤 식으로 실패했는지는 맥거핀 이야기가 나온 김에 김지은이 짚은 헛다리부터 이야기해보기로 하자.

 김지은이 그것을 발견한 것은 첫 번째 들른 휴게소에서 복미영과 둘이 우동과 돈가스를 나눠 먹은 후였다. 점심을 먹고 다시 차에 타려는데 급하게 먹어서인지 속이 더부룩하고 답답했다. 소화제를 먹고 출발하는 게 나을 것 같아 김지은이 약국을 찾자 복미영이 화장실에 가다 말고 차 키를 건네주었다. 뒷좌석에 놓아둔 배낭을 열어보면 그 안에 소화제가 있을 거라고 했다. 그래서 김지은은 차로 돌아와 뒷좌석에 놓아둔 묵직한 배낭을 열어보았다. 차에 탈 때부터 무엇이 그리 많이 들었는지 궁금했지만 팬에게 줄 선물이라도 들었나 보다고 혼자 짐작만 했다. 그러나 김지은이 소화제를 찾기 위해 그 안에서 꺼낸 것은 이런 것들이었다.

공구 벨트에 가지런히 꽂혀 있는 멍키스패너와 전동 드라이버, 작은 삽과 곡괭이, 가죽으로 만든 칼집에 든 만능칼, 락스와 마른 헝겊과 무엇이 들어 있는지 알 수 없는 스프레이 통, 조이고 풀고 박고 뽑을 수 있는 작은 공구들이 종류별로 들어 있는 공구함 세트. 커스텀된 장도리와 갈고리, 재활용 분리수거 봉투와 불연성 쓰레기봉투, 음식물 쓰레기 분쇄기, 그리고 목장갑 묶음과 휴대용 손전등.

이것들을 다 꺼낼 때까지도 소화제는 나오지 않았다. 아니, 소화제는 찾을 필요도 없이 놀란 마음에 답답하게 얹혔던 것도 다 내려가 버린 것 같았다.

이게 다 뭐람.

김지은은 조금 전에 복미영과 나누었던 이야기를 떠올렸다. 오늘 안티팬을 만나러 간다고 했다. 그리고 복미영 팬클럽이 하는 일이란 게 침을 뱉는 일이라고도 했다. 그렇다면, 혹시 꾸준히 욕설과 나쁜 말들을 보내왔다는 그 안티팬에게 어떤 식의 복수라도 하러 가는 걸까? 그것이 복미영을 최애로 삼는 복미영 팬클럽이 하는 일인 걸까? 복미영을 보호하고 사랑하기 위해 복미영을 괴롭히는 사람에게는 어떤 못된 장난도 서슴지 않고 행하는 것이? 복미영의 꿈이 난봉꾼이라던 것도 생각났다. 복미영이 좋아하던 최애들은 다 어김없이 쓰레기로 판명되었다는 것도. 문득 오래전 함께 못된 장난을 치러 다니던 날, 시 외곽의 공원묘지 앞 저수지에서 아이스크림을 먹으며 복미영이 들려준 이야기가 생각났다.

복미영이 어린 김지은의 나이일 때, 복미영은 점심을 먹은 후 교실에 앉아 니체의 책을 읽고 있었다. 문고판으로 된 『차라투스트라는 이렇게 말했다』였다. 그때 복미영은 난해한 문장들, 이해할 수 없어서 암호같이 느껴지는 문장들일수록 쉽게 매료되었다. 소란한 교실 한가운데에서 책 속의 해독 불가한 낯선 언어들을 더듬어 읽다 보면 그 안에서 마음껏 길을 잃을 수 있었다. 아무리 가도 가도 도착할 수 없는 이미 지나간 세계의 글들이 복미영은 좋았다. 그때 창가에 앉아 있던 누군가가 소리쳤다.

"미친개다!"

그러자 반 아이들이 웅성거리기 시작했다.

"미친개라고? 미친개가 있어?"

자리에 앉아 있던 학생들도 일어나 운동장 쪽으로 난 창문을 내다보며 미친개를 구경하기 시작했다.

누군가 복미영을 지나치며 물었다.

"미영아, 너는 안 봐?"

그러나 복미영은 고개를 저으며 시선을 책에 고정시켰다. 미친개가 뭐라고. 그걸 보려고 저렇게 몰려가는 아이들을 보며 복미영은 두려움과 슬픔을 느꼈다. 저런 아이들이, 잔인한 줄 모르고 길에서 계절에 맞지 않는 옷을 입고 머리에 꽃을 꽂은 채 춤추고 노래하는 미친년에게, 그러니까 언니에게,

미친년이다, 미친년, 손가락질하고 수군거리는 거겠지. 구경거리인 양 홀끔대며 전염병이라도 옮을까 몸을 피하는 거겠지. 나는 그런 사람은 되지 않을 거야. 복미영은 생각했다. 구경거리 삼아 손가락질도 하지 않을 거고 구경거리도 되지 않을 거야. 어떤 미친 세계 안으로 빨려 들어가지도 않을 거야. 그것이 운동장을 내달리는 미친개 한 마리를 구경하는 일이라 해도. 그렇게 혼자 울음을 삼키며 복미영은 계속해서 같은 페이지의 같은 구절을 읽고 또 읽었다.

미친개가 사라졌는지 창가에 모여 있던 아이들이 하나둘 제자리에 앉고 그중 한 친구가 복미영의 옆자리에 앉으며 말했다.

"미영아, 너도 봤으면 좋았을 텐데."

복미영은 생각했다. 혹시, 아는 걸까? 날 놀리는 걸까? 그럴 리 없음에도 복미영은 마음이 한없이 위축되는 것을 느꼈다. 그 마음을 숨긴 채 대답했다.

"그게 뭐라고. 난 그런 건 관심 없어."

그러자 친구가 이해할 수 없다는 듯 말했다.

"아깝다. 무지개가 정말 예뻤는데. 너도 봤으면 좋아했을 텐데."

미친개를 외면하기 위해 무지개도 보지 못하는 삶. 왜인지 그날의 에피소드가 아주 오래도록 기억에 남았다고 복미영은 말했다. 그것이 자신의 삶에 대한 어떤 의미심장한 은유인 것만 같아서. 그때 복미영은 상상 속의 미친개가 두려워 현실의 무지개도 보지 못하는 삶을 살 필요는 없다고 김지은에게 말하고 싶었던 거였을까. 그랬다고 생각했다. 그때로부터 10년이 넘는 시간이 흘렀다. 지금의 복미영도 같은 생각을 하고 있을까? 그럴 리 없지만, 김지은은 오래도록 미친개를 상상의 문밖에 놓아둔 복미영이 스스로 광견병에 걸려 침 흘리는 개처럼, 침을 뱉으며 미친 짓을 하러 다니는 모습을 상상했다. 그런 자신을 미친개가 아니라 무지개라 착각하면서, 라만차의 이상한 기사 돈키호테처럼 꿈속의 둘시네아를 구하기 위해 돌진하는 그림을. 그 상상에 이상한 쾌감과 두려움을 느끼며 김지은은 오래전 복미영의 질문을 다시 떠올렸다. 미친개와 무지개, 어느 쪽을 선택할래? 어쩌면, 지금의 자신이라면 선택할 수 있을지도 모른다. 미친 개를 볼 수 있는 문과 무지개를 볼 수 있는 문. 끝없이 이어진 복도 한가운데에 서서 서로 반대 방향으로 난 두 개의 문 중 하나만 열고 나가 하나의 세계만을 만날 수 있다면, 그렇다면 지금의 나는.

김지은이 복미영에게 들은 이야기를 회상하는 사이에, 복미영이 차로 돌아오는 모습이 보였다. 당황한 김지은이 황급히 늘어놓은 공구를 다시 배낭에 넣으며 복미영을 불안한 눈으로 쳐다보자 복미영이 그 모습을 보고는 웃으며 말했다.

"팬을 만나러 간다면서 이게 다 뭔가 싶은 거죠? 걱정하지 마요. 이거, 굿즈예요. 복미영 팬클럽 굿즈."

"이게, 굿즈라고요?"

굿즈라고 말하며 웃는 복미영을 보며 김지은은 이건 또 무슨 못된 장난인 걸까, 생각했다. 이런 게 팬클럽 굿즈라니. 도대체 장도리나 멍키스패너가 팬클럽 굿즈라는 걸 믿을 사람이 누가 있을까? 그런데, 그러고 보니 공구들에는 분명히 복미영 팬클럽이라고 적힌 작은 스티커가 붙어 있었다.

"복미영은 버리기 아티스트잖아요."

복미영이 배낭을 당겨 안쪽 주머니에 들어 있던 소화제를 찾아 김지은에게 건네주고는 공구들을 마저 배낭에 넣으며 말했다.

"왜 지난번에 지은 씨도 받았잖아요. 복미영 팬클럽 특전. 오늘도 사실 멍든 하늘이 버리고 싶은 것을 버려주러 가는 건데, 뭐가 필요할지 몰라서 이것저것 준비해본 거예요. 뭐든 잘 버리려면 도구가 필요하잖아요. 부수고 절단하고 해체하고 찢고 다지고 잘게 쪼개고 흔적을 지우고 남은 것들을 없애기도 해야 하니까요. 그리고 내가 매번 버려줄 수는 없으니까, 다음에는 혼자 버릴 수 있도록 선물로 주려고 몇 가지 공구들을 굿즈로 준비한 거고요."

그것만으로는 부족했다. 더 자세한 설명을 들어야 대략이나마 무슨 상황인지 이해할 수 있을 것 같았다. 목적지인 부곡하와이(폐장)까지 남은 시간은 한 시간 40분. 경청할 시간은 충분했다.

▶

"부끄럽지만,"

복미영은 그렇게 이야기를 시작했다.

얼마 전 복미영은 방과 화장실에 설치된, 수명이 다한 형광등 안정기를 버리고 새 안정기로 교체하기 위해 수리 기사의 방문을 요청했다. 줄곧 혼자 살아왔으니 형광등 교체야 무리 없이 했지만 안정기 교체는 좀 더 복잡한 과정인지라 엄두가 나지 않았다. 30대 후반쯤으로 보이는 수리 기사는 친절했고 유능했다. 부탁한 작업 외에도 또 '남자의 손'이 필요한 곳은 없는지 묻고는 방치해 둔 운동기구까지 손봐주더니 복미영이 감사의 마음을 담아 건넨 비타민 음료를 마시며 물었다.

"이 집에 남자 사장님은 안 계세요?"

남자라고 다 간단한 수리를 할 수 있는 것도 아니고 여자라서 못 하는 것도 아니었다. 그럼에도, 복미영이 그 편협한 질문에 쉽게 반박하거나 대답하지 못한 건 자신이 그 질문에 담긴 편협함대로 살아왔기 때문이었다. 그리고 다른 이유도 있었다. 그 마음도 모르고 기사가 또 물었다.

"혼자 사시나 봐요?"

이거였다. 쉽게 사실대로 대답하지 못했던 이유. 이런 질문에 어떤 위험한 의도가 숨겨 있다고까지 생각한 건 아닌데도 여자 혼자 산다는 걸 들키지 말아야 한다는 경계심이 들었다. 감사의 마음은 즉각 두려움으로 바뀌었다.

"아뇨, 곧 다른 가족들 올 때가 됐네요."

복미영은 방어적으로 말하며 기사를 현관 쪽으로 안내했다. 감추려 해도 드러나는 복미영의 달라진 태도에 수리 기사가 다소 어이없다는 듯, 그러나 여전히 친절한 말투로 물었다.

"아, 설마 제가 혼자 사시냐 여쭤본 것 때문에

경계하시는 거예요? 아휴, 이모님, 저희 어머님 또래 같으신데, 별걱정을 다 하시네요. 도대체 무슨 생각을 하신 거예요, 어르신?"

방점을 붙여 강조한 말끝에 수리 기사가 억울해 못 참겠다는 눈빛으로 복미영의 전신을 위아래로 훑었다. 복미영은 그의 눈에 비친 자신의 모습이 얼마나 볼품없을지 짐작할 수 있었다. 기사는 아무리 생각해도 황당함을 감출 수 없다는 듯 신발을 신으면서도 실실 웃음을 흘렸다. 그러고는 문밖을 나서며 이렇게 중얼거렸다.

"재수 없게. 나이는 먹을 대로 먹어서……. 늙은이를 누가 여자로 본다고."

정말 수리기사가 그렇게 말했을까? 그건 복미영이 상상한 비웃음에 지나지 않을지도 몰랐다. 그러나 수리 기사가 돌아간 뒤에도 어디서 온 건지 모를 그 조롱의 말들이 귓가에 남았다. 그리고 그때 복미영이 느낀 건 모멸감도 아니고 오해에 대한 미안함도 아닌, 안도감이었다. 참 그렇지. 나는 젊지도 예쁘지도 않지. 그러니 얼마나 다행인가. 완전히 안전지대에 물러나 있는 건 아니지만 그래도 젊고 예쁜 여자애들에 비하면, 그들이 속한 위험지역으로부터는 한 걸음 물러나 있을 수 있으니 이 늙음은 얼마나 안전한가.

끔찍했다.

나보다 어린 여자들이 더 위험에 노출되어 있음에 안도하는 마음이라니.

그렇게 쓰레기 같은 생각을 한 날, 복미영은 그 쓰레기가 어디에서 왔는지 곰곰이 들여다보았다. 그것은 두려움으로부터 왔다. 바깥의 두려움으로부터 도망치기 위해 가장 위험한 최전선으로 보호해야 할 아이들을 내몰고 후방에 머물며 스스로 쓰레기가 될 수 있는 게 자신이라는 게 소름 끼쳤다. 더구나 그런 방식으로는 위험지역에서 충분히 벗어날 수조차 없었다. 오히려 스스로 만든 위험한 마음 안에 매몰되어 자신이 머무는 곳이 곧 유해물질 가득한 쓰레기 매립지가 되도록 만들 뿐이었다. 진짜 두려움에서 벗어나기 위해서는 그 두려움을 버리는 기술을 익혀야 했다. 그리하여 복미영은 다양한 공구 사용법을 숙지하고 집에서 잦은 빈도로 생기는 잔 고장들을 직접 수리하는 법을 익히는 것부터 시작했다. 더 많은 혼자 사는 여자들, 집에 낯선 이를 들이기 두려워하는 이들이 이런 기술을 익히면 좋겠다는 생각도 했다. 그래서 알아보니 이미 자신처럼 혼자 사는 여자들의 집을 고쳐주는 여성 기사들이 모여 론칭한 방문 서비스 플랫폼이 존재했다. 복미영이 두려움 속에 끔찍한 생각을 하는 동안에도 먼저 두려움으로부터 용맹을 키워나가며 스스로의 안전지대를 넓혀가는 사람들이 있다는 걸 알게 되니 새삼 정말 못할 것이 없구나, 싶어졌다. 복미영 팬클럽이 더 신명 나게 놀아봐도 좋을 것 같았다.

신명. 그것은 '나는 못 해'에서 '못'을 버리는 것으로부터 시작되었다. 그러니 버리기 아티스트 복미영의 첫 번째 팬클럽 굿즈로는 잘못 박힌 못을 빼는 장도리가 적합했다. 그러다 차츰 버리고 부수고 고치고 조이고 뜯는, 그 모든 작업에 도움이 되는 다양한 공구들이 전부 복미영 팬클럽 굿즈가 되었는데, 그것이 오늘 복미영이 공구가 가득 든 배낭을 짊어지고 안티팬 멍든 하늘을 만나러 가게 된 이유였다.

예술적으로 버린 목록에 복미영은 한 줄을 더 추가했다.

—나는 못 해.

▶

나는 해.

그 문장을 가지고 복미영은 자신이 무엇을 할 수 있는지, 무엇을 하고 싶은지 상상하기 시작했다. 어떤 날은 꿈속에서도 그 문장을 완성하기 위해 분주히 뛰어다녔다. 그 꿈은 일종의 악몽이었지만 깨고 나면 왠지 기분이 좋았다. 마치 아주 뜨거운 사우나에서 땀을 흠씬 흘리고 나온 것처럼 개운하기도 했다. 생각이 많고 마음이 복잡할 때, 단순하고 몸이 힘든 일을 반복적으로 열심히 해서 체력을 완전히 소진한 후 기진맥진한 상태로 맞이하는 희열감과도 유사했다. 그 꿈은, 복미영이 처음 가본 낯선 광장 한복판에서 칼을 맞는 꿈이었다. 길을 가다 아무 이유 없이 돌려차기하는 누군가의 발에 맞아 사람이 쓰러지는 광장, 배에 주먹을 휘두르는 사람들이 평범한 얼굴로 돌아다니는 광장. 그런 광장에서 칼에 맞은 복미영을 누구도 눈여겨보지 않는다. 아무도 놀라지 않는 평온한 일상의 풍경으로 스며든다. 길에서 첫눈을 맞거나 떨어지는 꽃잎을 맞는 것처럼 소박하고 다정하게. 그리고 그대로 눈 녹듯 뜨거운 아스팔트 바닥에 스며들어 사라지는 것이다.

꿈속에서도 복미영은 칼에 찔린 통증을 느꼈고, 언제나 신음과 흐느낌이 뒤섞인 상태로 잠에서 깨어났다. 그럼에도 칼에 찔린 꿈을 꾸고 나면 아주 따뜻한 물에 몸을 푹 담그고 난 것처럼 온몸의 긴장이 느긋하게 풀어졌다. 따뜻한 물에 감싸인 채 안전하고 아늑하게 한 없이 밑바닥으로, 발이 닿지 않아 평생 두려움에 발버둥 치기만 했던 그 바닥의 바닥으로 내려가 그 끝을 발끝으로 확인했을 때의 안도감을 느꼈다. 그것이 언젠가 동네북살롱의 열린 엔딩 닫기 북클럽에서 진행했던, 복미영이 쓰고야 말 열린 책의 닫힌 결말이었다. 그러나 그것은 나중의 일이었고, 그것을 위해서는 먼저 따뜻한 칼을 만들어야 했다. 따뜻하고 날카로운 침으로 단련한 칼을. 그 침은 뱉어도 좋고 맞아도 좋았다. 누군가를 위해 침을 맞거나 침을 뱉을 때만 그 칼은 단련되었다. 그것이 복미영 팬클럽이 침을 뱉으러 다니는—침을 뱉다 보면 침을 맞는 일도 피할 수 없는 건 당연했다— 역조공 팬 서비스를 하는 이유였다. 그렇다면 첫 번째 팬 서비스를 할 사람으로는 누가 좋을까 고민하다가 복미영은 그날도 자신에게 질 나쁜 메시지를 보낸 멍든 하늘을 떠올렸다. 처음 복미영 팬클럽을 만들고, 또 복미영이 버리기 아티스트라는 걸 자각하게 도와준 안티팬. 쓰레기가 되어버린 최애를 버리지 못하고 자신을 상처 주고 남도 상처 주는 방식으로 자신을 유해한 혐오 속에 방치해둔 아이. 도대체 왜 이토록 자신에게 집착하나 궁금해서 복미영은 여러 SNS 계정을 통해 멍든 하늘에 대한 정보를 조금 더 얻을 수 있었다. 그리고 마음을 굳혔다. 첫 번째 역조공 팬 서비스 이벤트는 그 아이를 위해서 계획되어야 한다고.

 물론 괘씸한 마음에 좋아하다 망해보라는 마음으로 배우 W의 굿즈들을 멍든 하늘에게 버릴 생각을 한 적도 있었다. 그러나 그것은 버리기 아티스트로서 취할 행동은 아니었다. 진짜 버리기 아티스트라면 좀 더 나은 것을 버릴 줄 알아야 했다. 자신을 미워하고 증오하는 안티팬에게 따뜻한 침을 뱉는 것. 그 아이가 스스로를 해치는 혐오를 버릴 수 있도록 하는 것. 그것이 자신이 만들려는 따뜻한 칼을 제련하는 방법일 수 있겠다고 복미영은 생각했다.

 멍든 하늘에게 복미영 팬클럽에 가입할 수 있는 팬카페 링크와 함께 복미영 팬클럽의 특전이 적힌 모바일 팬클럽 카드를 보냈다. 복미영이 버려주고 싶은 건 멍든 하늘의 배우 W에 대한 집착과 미련, 잘못 뻗어나간 분노와 적개심, 그에 얽힌 모든 오염된 것들이었지만 꼭 그게 아니라도 좋았다. 멍든 하늘이 버리고 싶은 것이라면 어떤 것이라도, 그것이 복미영 팬클럽의 원칙, '위대하지 마 복미영'의 원칙에 어긋나지만 않는다면 무엇이건 버려주리라 각오하기도 했다.

처음에는 당연히 무시할 거로 생각했다. 그런데 며칠 후 팬카페에 한 명의 팬이 가입했다는 알림이 와서 자다가 깨어 들어가 보니 멍든 하늘이었다. 복미영은 멍든 하늘이 회원가입을 하며 팬클럽 특전과 관련되어 버리고 싶은 것을 묻는 문항에 적은 답변을 보았다.

—제가 있는 곳까지 버려주러 와줄 수 있나요?

그것은 무엇을 버리고 싶은지에 대한 답이 아니었다. 이걸 어떻게 받아들여야 하나, 생각하며 복미영은 그 답변을 두 번, 세 번 거듭 살펴보았다. 그러다가 그 답변이 작성된 시간을 확인했다. 멍든 하늘이 그 답변을 적은 건 새벽 세 시를 막 넘긴 시간이었다. 그 시각에 싫어하는 사람의 팬카페에 가입해서, 그 사람에게 자신이 있는 곳까지 와달라고 부탁하는 마음에 대해서 복미영은 생각했다. 그것은 아주 늦은 밤이나 새벽에, 자기 혼자 깨어 있는 게 아니고 자신이 연락을 하면 그것을 확인하고 반응하는 사람이 있다는 걸 확인하려는 듯 지속적으로 나쁜 메시지를 보내던 행위와도 닿아 있었다. 복미영이 한 건 한때의 최애였던 배우 W에게 실망하고 탈덕한 것뿐인데 왜 멍든 하늘은 그 버려짐에 대해서, 자신이 버려진 것도 아닌데 그토록 분개하고 그것을 복미영에게 지속적으로 표현하고 있었던 것일까?

복미영은 바로 가겠다는 메시지를 보내며 멍든 하늘에게 만날 장소를 정해달라고 부탁했다. 그러나 멍든 하늘은 복미영이 확실히 와줄지에 대한 확신이 없는 모양이었다. 정확한 주소 대신 부곡하와이 근처라는 말만 반복하며 그곳까지 오면 정확한 장소를 다시 알려주겠다고 했다. 그런 이유로 지금 복미영은 정확히 어디로 가서 무엇을 버려야 하는지도 모르는 채 폐장한 부곡하와이로 가고 있는 거였다.

김지은은 생각했다. 복미영이 멍든 하늘을 위해 버려주어야 하는 게 뭔지는 모르지만 이미 하나는 버려주고 있다고. 누군가 자신을 위해, 한 번도 만난 적도 없고 어떤 사람인지 알지도 못하고 무엇을 부탁할지도 모르는 자신을 위해 세 시간이 넘는 거리를 달려오지는 않을 거라는 불신. 그 믿지 못하는 마음은 이미 부곡하와이(폐장)까지 가는 길 위에서 조금씩 버려지고 있다고.

　복미영이 출발하기에 앞서 버리고 떠나온 것도 있었다. 멍든 하늘의 답변을 본 후 시작된 자신의 나쁜 상상. 그날, 잠이 든 복미영은 또다시 칼에 관한 꿈을 꿨다. 멍든 하늘이 악몽과 같은 상황에 처해 있고, 자신이 멍든 하늘을 위해 그 아이를 괴롭히는 무언가를 버려주려다 광장에서 칼을 맞는 꿈이었다. 그 칼은 복미영이 꿈꿔온 것처럼 따뜻했다. 그렇게 칼을 맞고 쓰러진 복미영의 입가에는 만족한 미소가 떠오르지만, 그것을 바라보며 복미영은 꿈속에서 끔찍한 통증을 느끼고 고통과 슬픔으로 신음하고 흐느끼기 시작했다. 그리고 꿈에서 깨어났을 때, 복미영은 자신이 구원자가 되기 위해 누군가 가장 나쁜 상황에 처해 있기를 꿈꿀 수 있는 사람이라는 것을 알게 되었다. 그런 식의 위대함을 꿈꾸는 마음이 아직 자신에게 남아 있다는 것이 복미영은 매우 부끄럽고 슬펐다. 누군가를 구하기 위해 나쁜 꿈을 꿀 필요는 없었다. 최악의 상황을 상상할 필요는 없었다.

  복미영은 잠에서 깬 채 다른 꿈을 꾸기 시작했다. 그것은 일종의 해프닝이 된다. 부곡하와이(폐장)에 도착한 후, 복미영이 연락하자 멍든 하늘은 버릴 것이 집에 있다며 집 주소를 보내준다. 알려준 주소에 도착해서 연락해보지만 멍든 하늘은 연락을 받지 않는다. 복미영은 페인트가 벗겨진 녹색 대문에 달린 초인종을 누른다. 그러나 답이 없다. 침묵은 늘 불안한 예감으로 돌아온다. 혹시 안에서 무슨 나쁜 일이라도 벌어지고 있는 거라면……. 불안하고 초조해진 마음에 복미영은 문고리를 잡고 흔든다. 반응이 없자 대문을 두드리며 멍든 하늘의 이름을 부른다. 여전히 돌아오는 건 침묵뿐. 그러다 담벼락을 본다. 그렇게 높지 않다. 잘하면, 어디선가 디딜 만한 상자 같은 것만 구해 쌓아 올리면 못 넘을 것도 없을 것 같다. 담을 넘어야 한다면 넘어서라도, 장난일지 모르는 구조 요청에도 먼 거리를 달려오는 어른이 있다는 걸 멍든 하늘에게 보여주고 싶어진다. 그래서 높이를 가늠하며 담장

끝을 올려다보다가 배낭에 든 공구들을 떠올린다. 그것으로 문을 딸 수 있을지도 모른다. 하지만 그러다 도둑으로 오해를 받으면 어쩌나. 물론 어떤 도둑이 대담하게 대낮에 남의 집 대문을 따거나 담장을 넘겠느냐만, 오히려 너무 당당해서 오해를 피해갈 것으로 생각하고 범행을 저지르는 배짱 좋은 도둑으로 오인될 수도 있었다. 그래서 망설이며 담장 위쪽을 살피는데 담과 맞닿아 있는 2층 창문 안쪽에서 밖을 내다보고 있는 어린 얼굴이 보인다. 네가 멍든 하늘이구나. 복미영의 말에 커튼 뒤에 숨어 복미영을 훔쳐보던 멍든 하늘이 창문 아래로 몸을 숨긴다. 복미영은 메시지를 보내고 기다린다. 잠시 후, 창문이 열리더니 아이가 얼굴을 내밀며 마시다 남은 콜라를 복미영의 머리 위로 붓고는 빈 콜라 캔을 우그러뜨려 바깥으로 던지고 말한다. 그것 좀 버려주세요. 됐죠? 그러고는 냉큼 창문을 닫고 사라진다. 복미영은 정수리에서 흘러내리는 콜라를 혀끝으로 살짝 맛본다. 달다. 입안에 침이 고인다. 복미영은 버려진 콜라 캔을 줍고, 입 안 가득 고인 침을 콜라 캔 안에 퉤, 뱉은 후 그것을 버릴 쓰레기통을 찾아 멍든 하늘의 집을 떠난다. 임무 완수. 그것이 복미영이 다시 상상해본 오늘의 역조공 팬 서비스 이벤트의 전부였다.

"좀, 시답잖은 미친 꿈 같죠?"

복미영의 물음에 김지은은 고개를 끄덕이다가 지금이 궁금했던 것을 물어볼 기회라고 생각했다. 복미영이 자신이 누구인지 알고 있다는 건 이미 짐작하고 있던 터였다. 그래도 이제는 확실히 해둘 시간이었다. 그래서 이런 질문을 던졌다.

"미친개와 무지개가 있어요. 그 두 개는 서로 반대쪽의 문밖에 있고 우리는 한쪽 문으로만 나갈 수 있어요. 어느 쪽으로 가실 건가요?"

"우선은, 휴게소로."

▶

　휴게소에서 부곡하와이(폐장)까지 남은 시간은 38분. 김지은이 호두과자와 콜라를 사서 차로 돌아왔을 때 복미영은 멍든 하늘에게 메시지를 보내고 있었다. 부곡하와이까지 30분 정도밖에 안 남았으니 이제 정확한 주소를 알려달라는 거였다. 두 사람은 호두과자를 나눠 먹으며 답변이 오기를 기다렸다. 잠시 후, 멍든 하늘에게서 메시지가 도착했다. 복미영이 먼저 내용을 확인하더니 김지은에게도 보여주었다. 메시지 창에는 주소 대신 이런 글이 적혀 있었다.

―진짜 올 줄 몰랐어요. 이제 필요 없어요.

"이게 무슨 의미일까요?"

복미영이 물었다. 글쎄 무슨 의미일까요. 김지은도 알 수 없었다. 말 그대로 정말 더 이상 무언가를 버려야 할 필요가 없어진 건지도 몰랐다. 그것은 다행한 일이거나, 아니면 어쩌면 아주 불행한 일일 수도 있었다. 멍든 하늘을 위해 해줄 수 있는 최선의 다정함이 다행을 상상하는 것인지 불행을 상상하는 것인지도 알 수 없었다.

"어떡하실 건가요? 돌아갈까요?"

김지은이 망설이는 복미영에게 묻자 복미영이 급하게 에너지를 보충하려는 사람처럼 남은 호두과자를 한입에 털어 넣고는 우물우물 씹으며 뭔가를 골똘히 생각하다가 이런 말을 꺼냈다.

"「더 스퀘어」라는 영화를 좋아해요. 혹시 본 적 있어요?"

루벤 외스틀룬드 감독의 영화를 말하는 것 같아 김지은이 고개를 끄덕이자 복미영이 이어 말했다.

"그 영화를 보면, 영화의 시작 부분에 이런 장

면이 나오잖아요. 주인공인 큐레이터는 더 스퀘어라는 전시, 그 안에서 모두 동등한 권리와 의무가 있는 신뢰와 배려의 영역에 대한 전시를 기획하는데, 그는 출근을 할 때 광장을 가로질러 가죠. 그런데 그 광장에는 질문을 던지는 사람이 있어요. 마치 도를 아십니까, 라고 묻듯이 그는 바쁘게 지나치는 행인들을 붙잡고 이렇게 물어요. 생명을 구하시겠습니까? 대부분은 다들 바쁘게 각자의 목적지를 향해 질문자를 지나쳐요. 이런 대답만 남기고요. 나중에요. 지금은 아니고 나중에 구하겠다는 말만 남기고 바쁘게 계속 원래의 목적지를 향해 가는 거죠. 저는 그 장면이 왠지 좋아었어요. 나중에, 라는 답. 그냥 저 혼자 생각이지만 저는 그게 그 영화가 말하는 더 스퀘어가 추구하는 개념이 구현된 세계라고 생각했거든요."

"더 스퀘어요?"

"네, 동등하게 위대한 채 서로를 보살피는 나중의 세계, 더 스퀘어."

복미영은 그 영화를 보며 이런 생각을 했다고 한다. 사람들은 나중의 자신에 대해 참으로 위대한 상상을 하는구나. 지금은 바빠서 그럴 시간이 없지만 나중의 자신은 누군가의 생명을 구하러 갈 거라는 상상을. 그런 위대한 일을 하는 사람들이 모인 나중이란 얼마나 위대한 세계일까 생각하니 나중이 나중으로 존재하는 지금이 즐거운 여행을 떠나기 전날처럼 설레고 흥분되더라는 거였다.

"하지만 그건 나중일 뿐이잖아요."

김지은은 중얼거렸다. 나중은 언제나 나중으로만 존재한다. 나중은 오지 않는다. 그 나중이 아무리 환한들 그것이 지금을 바꿀 수 있나. 지금의 무언가가 달라지나. 그러나 복미영의 생각은 달랐다. 분명히 다르다고, 복미영은 말했다. 나중을 향해 문을 열어두는 것만으로, 환기되는 지금은 닫혀 있는 지금과는 다르다고. 사실 그 영화는 더 스퀘어의 가치와 연루된 문화 향유자들의 위선을 조롱하고 발가벗기는 이야기에 가까웠다. 그럼에도 복미영은 그렇게 모순 속에서도 계속 만들어가야 하는 어떤 나중, 더 스퀘어에만 초점을 맞추어 손가락으로 가리키고 있는 거였다.

김지은은 헛짓거리인 줄 알면서도, 복미영이 가

리키는 허공에 손가락을 대고 가만히 네모난 문을 그려보았다. 그리고 그 문의 손잡이를 열었다. 그 바깥에 있는 것은 나중의 풍경인 줄 알았는데, 그곳에는 언젠가 김지은을 스쳐 갔을지도 모르지만, 김지은이 경험하지 못한 과거가 함께 있었다. 김지은이 경험하지 못한 시간이기에 그것은 나중에의 문밖에 있다. 열고 나서 알게 된 거지만, 김지은이 연 것은 순례 씨의 국숫집 문이었다. 은수 이모가 처음으로 베로니카를 만났던 그날, 열어놓은 문밖으로 보이는 것은 국숫집 맞은편 공터. 그 공터 앞에 주차된 경차의 운전석에는 복미영이 타고 있다. 복미영은 은수 이모가 식당에 들어간 사이 차에서 기다린다. 한참 후, 포장된 국수를 들고 나오는 은수 이모의 얼굴에 남아 있는 울음의 흔적을 복미영은 본다. 그것에 대해서는 아무 말도 하지 않는다. 두 사람은 차를 타고 함께 떠난다. 그 후 한동안, 복미영은 점심시간마다 은수 이모를 차에 태우고 와서 식당 앞에 내려준다. 처음에는 은수 이모가 나올 때까지 기다리고, 그 후에는 은수 이모만 내려준 채 먼저 떠난다. 그리고 은수 이모가 베로니카와 사랑에 빠지고 문 안쪽에 남기로 선택한 후에도, 복미영은 그 나중의 공터에 차를 대고 운전석에 남아 있다. 그때의 복미영의 얼굴에는 따뜻한 칼에 찔렸을 때처럼 평온한 미소가 서려 있다. 아, 꽃잎이. 열어놓은 창문을 통해 보라색 꽃잎이 날아와 복미영의 머리에 떨어진다. 김지은이 손을 뻗어 그것을 떼어주려 하자 복미영이 고개를 저으며 말한다. 왜? 그냥 둬.

김지은은 그 문을 닫고, 옆자리에 앉아 있는 복미영을 본다. 그래도 되는 사람이라는 말이 만들어내는 칼과, 그것을 거부하는 대신 그것을 가슴에 꽂아두고 따뜻하게 달구려는 마음에 대해서도 생각했다. 위대함은 나중의 세계에 남겨두고, 위대하지 않은 일들만 하겠다고 결심한 복미영 팬클럽의 원칙에 대해서도. 김지은은 그동안 자신이 헤매온 길의 지도를 떠올리며 그 헤맴의 지점들마다 '나중에'라고 쓰인 이정표가 붙어 있었고, 그 나중을 향해 반복해서 헛다리 짚기를 하는 동안 최소한 자신의 다리는 계속 나중을 향해 걸어갈 수 있을 정도로 튼튼해져 있었다는 것도 알게 되었다. 언젠가 누군가에게 올바른 길을 알려주는 사람은 못 되어도 최소한, 먼저 헤맨 사람은 될 수 있을 거라고. 대시보드에 붙어 있는 스티커를 김지은은 손으로 긁어보았다. 떼려고 해보았지만 떨어지지 않았다. 동행과 경청. 그것이 위대한 약속들로 가득한 나중의 문을 여는 비밀번호 같았고 그런 생각을 하는 자신이 조금 미친 것 같다는 생각이 들어서 웃음이 났다.

"왜 웃어요?"

"제가 조금 미친 것 같아서."

김지은의 대답에 복미영도 같이 웃으며 말했다.

"조금 미친 건 사실 꽤 즐겁지 않아요? 아까 물었던 거 말이에요. 나는 요즘 그런 생각을 해요."

"어떤?"

"미친개와 무지개 말이에요. 나는 오래전에 그런 생각을 했거든요. 한쪽에는 미친개, 다른 한쪽에는 무지개를 볼 수 있는 창이 있는데, 나는 미친개가 두려워 창문을 꼭꼭 닫아걸고 무지개가 있는 풍경조차 애초에 내게는 허락되지 않은 세계라고 믿고 사는 사람이었다고. 그러니 이제라도 무지개가 있는 쪽의 창문을 열고 무지개를 보러 가면 된다고. 그런데 또, 미친개를 보러 가도 좋지 않나, 하는 생각이 드는 거예요. 내가 무지개를 보러 가는 게 아니라, 미친개에게 가서 내가 미친개에게 침방울이든 비눗방울이든 뭐든, 작은 무지개를 만들어 보여주는 것도 재미있지 않을까 하고요. 그러니까, 이런 미친 생각을 하면, 신명이 나요, 그게 어떤 신명이냐면, 이 좋은 걸 이제야 알다니 화가 난다, 화가 나, 그런 식의 뜨겁게 노여운 신명이요. 그런 거 알아요? 그러니까."

그렇게 말하며 복미영은 멍든 하늘이 보낸 메시지를 다시 들여다보더니 그것을 삭제하고는 다시 차를 출발시키며 말했다.

"여기까지 왔는데, 일단 계속 가봐야죠. 그래도 되죠?"

복미영이 물어서 김지은은 대답했다.

"그래도 돼요."

복미영은 그래도 되는 사람이었다. 기사 소설에 심취해 엉뚱한 모험을 벌이는 라만차의 이상한 기사 돈키호테처럼 풍차와 싸우러 가는 미친 짓을 하는 사람에게 안 될 건 없었다. 어차피 모든 위대함은 나중 세계에 있으니 지금은 그저 위대하지 않은 일들을, 조금 미친 채로 하면서 지난 실패와 나쁜 가정의 말들에는 경솔하게 퉤, 침을 뱉고 발로 문질러 덮고 다시 출발하면 되는 것이다. 어차피 이야기는 반복된다. 김지은은 르네 지라르의 말을 떠올렸다. 르네 지라르는 말했다. 『돈키호테』 이후에 쓰인 소설은 『돈키호테』를 다시 쓴 것이나, 그 일부를 쓴 것이다.

내비게이션이 다시 목적지까지 안내를 시작했다. 도착 예정 시간은 34분 후. 김지은은 어쩐지 자신이 오래전부터 부곡하와이(폐장)로 가는 복미영의 차에 동승하고 있었다는 생각이 들었다. 성해윤과 복미영까지, 그래도 되는 사람을 찾기 위해서라 믿었던 이 여정은 처음부터 이모를 버릴 목적지에 도착하기 위해서가 아니라 결코 도착할 수 없는 그곳까지 동행하고 경청할 사람들을 찾는 여행이었는지도 모르겠다는 생각도 했다. 베로니카는 자신이 은수 이모를 돌보겠다고 했다. 김지은이 할 일은 그 곁을 지키며 오래 닫혀 있던 '어쩔 수 없음'과 '원래 그래'의 문들을 두드리고 부수며 나중의 문을 여는 것뿐인지도 모른다. 물론 도래할 나중이 늘 해피엔딩인 것은 아니겠지만, 꼭 해피엔딩일 필요가 있나. 계속 열린 엔딩인 채로 우리가 서로 얼마나 어떻게 어디까지 호환될 수 있는지를 끊임없이 헛다리 짚으며, 동반자로서의 안전지대를 미숙한 채로 조금씩 확장시키며 나아가볼 뿐. 세상은 녹록지 않다. 그러나 나도 녹록하게만 살아온 것은 아니지 않나. 그런 결기가 갑자기 김지은을 감싸오기 시작했다. 부곡하와이는 없고, 도착한다 해도 그곳은 부곡하와이가 아니라 부곡하와이(폐장)일 뿐이겠지만, 그래도 우리는 계속 그곳을 향해 가고 있다. 김지은은 카메라를 들고 다시 복미영을 찍기 시작했다. 자신이 아주 오랜만에 카메라로 이렇게 긴 촬영을 하고 있다는 걸 떠올렸고. 오늘 찍은 것들이 분명히 나중에 헤매기 아티스트로서 자신의 첫 번째 헤맴의 기록이 될 것을 알았다. 그리고 자신에게 동행과 촬영을 부탁한 것이 복미영이 스스로 선택한 팬, 김지은을 위해 설계한 역조공 팬 서비스 이벤트였다는 것도.

복미영이 교차로에서 내비게이션이 안내해준 길을 지나쳐 좁은 도로로 우회전을 했다. 김지은이 이정표를 착각해 잘못 인도한 탓이었다. 경로를 이탈했다는 경고음이 울리자 복미영이 싱긋 웃으며 말했다.

"괜찮아요. 이 길이 더 재미있을지도 모르잖아요."

그래 봐야 딱히 재미있을 것도, 새로울 것도 없는 평화로운 시골길이었다. 내비게이션이 새로운 경로를 안내하는 동안 익숙한 듯 처음인 풍경을 지나치다 보니 길가에 내놓은 커다란 솥에 찰옥수수를 쪄서 파는 노점이 보였다. 잠시 차를 멈추고 한 봉지에 5천 원인 찰옥수수 세 개와 얼린 보리차 한 병을 사서 나눠 먹었다.

"내가 말했잖아요. 이 길이 더 재미있을 거라고."

복미영이 잇새에 옥수수 알갱이가 낀 줄도 모르고 말하며 씨익 웃어서 김지은도 입을 벌리고 웃었는데, 웃고 나서야 자신의 잇새에도 옥수수가 끼어 있겠구나 싶어 아차, 했다. 옥수수를 먹은 후 마시는 냉보리차는 달고 시원했다. 이 길로 안 왔으면 이 재미를 몰랐을 뻔했네, 싶으니 길을 잘못 들길 잘했다는 생각이 들었다. 경로를 이탈해서 인지 내비게이션은 목적지까지 44분이 남아 있다고 안내하고 있었다. 꽤 달린 것 같은데 도착지까지 남은 시간은 오히려 늘어났다. 그사이에 남은 찰옥수수도 마저 먹고 아직 녹지 않은 냉보리차도 녹이며 가면 되니 괜찮았다. 찰옥수수 하나는 멍든 하늘을 위해 남겨두었다. 조금 돌아가긴 하지만 어쨌든 우리는 도착할 테고 마침내 도착한 곳이 어딜지 몰라도 그곳에는 멍든 하늘이 있을 거였다. 버려야 할 것은 아무것도 없는 멍든 하늘이 다만 찰옥수수 하나를 맛있게 먹는 나중을 상상하니 끄윽, 시원한 트림이 올라왔다. 그렇게 남아 있는 나중이 있어서 지금 가는 길이 멀거나 외롭거나 지겹지 않게 느껴졌다.

"부곡하와이에는 언제 도착하게 될까요?"

채 녹지 않은 병 속의 언 보리차를 녹이기 위해 두 손으로 감싸 주무르며 김지은이 물었다.

"나중에요."

복미영이 대답했다.

"나중에?"

"나중에. 곧."

OUT
열두 명의 성난 이모들

 복미영 팬클럽에 대해 내가 처음 알게 된 건 방해진이 운영하는 동네북살롱에서 열린 아트 전시 「이모의 호환성 연구」에서 상영한 영상물 「부곡하와이(폐장)에 가자」를 통해서였다. 전시회는 열린 엔딩 닫기 북클럽의 회원들이 북클럽을 하며 각자의 예술 장르에 따라 만든 작업물이나 작업 과정을 상호 호환시키는 방식으로 이루어졌는데, 그래서인지 완료된 결과물을 전시한다기보다는 작업 기록을 전시하고 각자가 그려보는 나중을 상상케 하며 창작자와 관람자가 경계 없이 함께 존재하지 않는 것을 존재하게 하는 경험을 공유하는 것에 가까웠다. 결코 회수되지 않고 뿌려진 떡밥들만으로 우리는 어떤 불완전한 성취에 도달할 수 있는가, 혹은 없는가에 대한 질문이 닫힌 엔딩 열기라는 전시의 주제와 맞닿아 있는 것 같기도 했다. 내가 처음 그 전시회에 관심을 가지게 된 건 살아남은 시녀들과 관련된 사료를 취재하던 중이었다. 리플릿에 소개된 한 영상물에는 폐장된 부곡하와이로 이모를 버리러 가는 여행의 기록이라는 설명이 붙어 있었고, 나는 버림받은 이모들에게라면 전설처럼 내려오는, 살아남은 시녀들이 숨긴 금서의 향방에 대해서 알 수 있지 않을까 기대했던 것이다. 그래서 내 진짜 의도는 감춘 채 전시회가 끝난 후 복미영 팬클럽을 인터뷰하게 되었는데, 그러다 뜻하지 않게 알게 된 단체가 비밀결사의 성격을 지닌 12성모단이었다.

내가 복미영과 김지은을 인터뷰하는 동안, 그들은 동네북살롱의 테이블에 모여 앉아 작당모의를 하듯 머리를 맞대고 소곤거리곤 했다. 그래서 궁금한 내가 뭘 하시는지 여쭤봐도 되나요, 하면 그들은 웃으며 자신들이 함께 쓴 극본을 보여주었다. 연말에 열두 명의 성난 이모들이라는 낭독극을 준비 중이라고 했다. 인터뷰가 끝나자 그들은 복미영과 함께 얼마 전 대법원이 동성 부부의 건강보험 피부양자 자격 등록을 허락한 것에 대해서 도란도란 이야기를 나누었다.

"세상은 생각보다 빠르게 변하는지도 모르겠어요."

그 모습을 보며 김지은이 말했다.

"그런가요?"

"절망의 속도보다 아직은 낙관의 속도가 조금 빠른가 봐요."

김지은이 자신도 확신이 없는지 작은 소리로 웃으며 대답했다.

확신할 수 없는 말에 대해서, 확신할 수 없지만 믿고 싶은 말에 대해서, 조금 더 소리 내어 말하면 좋겠다고 나는 생각했다.

절망은 쉽고 낙관은 어렵다. 그러나 세상의 시간은 절망의 속도가 아니라 낙관의 속도로 움직인다. 아마도 용맹한 박자로, 경솔한 리듬으로. 낙관한 사람들이 먼저 도달한 나중의 세계에서 열어놓은 문을 통해, 지금의 세계 역시 조금씩 물들어가고 있는지도 모른다. 나중과 지금의 경계는 불확실해지고, 지금 이미 와 있는 나중을 우리가 발견하기만 하면 되는지도 모른다. 세상은 생각보다 빠르게 나아지고 있는지도 모른다. 이런 말들을 하는 건, 정말로 믿기 때문이 아니라, 믿어야 하기 때문에. 그래야 환한 나중은 도래하기 때문에.

—가면서 들어요. 팬 서비스에요.

인사를 하고 동네북클럽을 먼저 나서는데 휴대폰에 메시지가 하나가 떴다. 아니 아직은 팬이 아니라니까요, 중얼거리며 나는 이어폰을 끼고 복미영이 보낸 산울림의 「무지개」를 들으며 정류장을 향해 걸어갔다. 그리고 생각했다. 아직은 아니지만. 나중에, 어쩌면 곧 나도 복미영의 팬이 될지도 모르겠다고.

그날 이후로 나는 무력감에 시달리거나 선한 결기가 필요할 때마다 내게 있는 열두 명의 성난 이모들에 대한 이야기를 꺼냈다. 그러면 사람들은 깜짝 놀라며 이렇게 물었다. 세상에. 너희 엄마 자매가 열두 명이나 된다는 거야? 그건 아니고. 누구나 둘러보면 자신을 돌봐주는 멀고 가까운 이모가 열두 명쯤은 있기 마련 아닌가. 때로는 이미 죽은 전혜린이나 차학경 테레사, 버지니아 울프나 퍼트리샤 하이스미스의 이름으로, 때로는 아직 오지 않은 알지 못하는 이름으로. 그리고 그 이모들은 모두 얼마간 성이 나 있을 수밖에 없는데, 누군가의 이모 역할을 당해낸다는 건 그런 것이기 때문이다. 잔뜩 성이 난 엉덩이의 종기처럼 악화된 후에야 존재감을 드러내고는 자, 터뜨려봐, 터뜨려서 이 작은 종기가 널 얼마나 고통스럽게 만들 수 있는지 한번 감당해보라고, 하며 고난의 축제로 이끄는 앞치마를 두른 성난 호객꾼들. 노여움과 신명, 콧바람과 춤바람, 싸움꾼이자 난봉꾼, 그것이 열두 명의 성난 이모들, 12성모단이라 불리는 유랑극단이 추구하는 용맹과 정의였다. 시작은 12성모단을 이끄는 기사, ㈜이모 줍는 사람들이라고 적힌 카니발을 운전하는 복미영이 복미영 팬클럽을 창단하면서 비롯되었다. 그 이야기는 이런 열린 엔딩으로부터 출발한다. 용맹하고 경솔한 복미영이 단 한 명의 팬을 위해 설계한 역조공 팬 서비스 이벤트는 어떻게 실패하는가.◀◀

작품해설

홀로 애쓰고 있는 인간을 위한 문학혁명사

박혜진

박지영 덕후들의 모임

2024년, 봄이 왔다고는 해도 아직은 아니라는 듯 쌀쌀한 바람이 여전하던 4월 중순의 일이다. 책과 문학에 대한 사랑이 멈추지 않아 주변 사람들을 책으로 물들이곤 했던 선배로부터 전화 한 통을 받았다. 선배는 자신이 운영하는 자그마한 '바'에서 간헐적 북클럽을 운영하고 싶다고 했다. 요점은 이랬다. 월요일마다 가게 문을 닫으니 그날을 이용해 책과 문학을 위한 공간을 열고 싶다는 것. 책으로 먹고사는 너도 함께하면 좋지 않겠냐는 것. 책도 만들고 글도 쓰지만 만들고 쓴 것을 세상에 알릴 길은 한결같이 요원했던 나로서는 마다할 이유가 없는 제안이었다. 선배의 마음이 바뀔세라 미처 내밀지도 않은 손을 일단 잡았다. "할게요. 뭐든."

가끔 상상은 했다. 나만의 북클럽이 있다면 어떤 책을 읽을까. 그보다 어떤 작가를 읽을까. 일단 한번 시작된 생각은 마음대로 멈출 수 있는 게 아니다. 막상 당사자들은 관심도 없을 '이상형 월드컵'이 격렬하게 펼쳐졌고 때로는 두통까지 올 지경이었다. 그렇게 치러진 월드컵 우승자가 바로 박지영이다. 이런 마음은 『고독사 워크숍』부터 품어온 오래된 바람이었고 『이달의 이웃비』 이후로는 작은 불씨만 스쳐도 불길이 솟을 만큼 목마른 열망이기도 했다. 『고독사 워크숍』은 극강의 외톨이들이 내향적 연대를 도모하는 소설이다. 대체로 혼자 지내는 그들은 가능한 한 존재감 없이, 가까스로 희박하게 생존하며 극적인 변화 따위 감행하지 않는다. 그러나 때로는 가장 수세적인 사람들이 가장 급진적인 혁명가가 되기도 한다. 혼자이기에 이행할 수 있는 일들이 있기 때문이다. 각자의 자리에서 모니터를 매개로 서로를 지켜봐주는 '와이파이 공동체'는 외톨이들의 이상을 실현하는 혁명적 연합체가 된다. 이런 연합체의 산하 조직 같은 작품이 『이달의 이웃비』다. 이웃으로 살아가기 위한 자기희생을 정서나 태도의 문제가 아니라 감가상각, 즉 존재하기 위해 지급해야 하는 비용의 문제로 치환함으로써 역설적으로 사라진 온기를 회복하며 정확하면서도 따뜻한 위로를 건네는 작품집이다.

두 권의 책이 보여주듯 박지영 소설의 주제는 고립과 돌봄이다. 그런데 이토록 쓸쓸하고 쓰라린 주제를 전달하면서도 박지영 소설이 환기하는 것은 비극의 침통함보단 희극의 해학이다. 비극 작가는 비극 작가인 동시에 희극 작가일 수 없다. 하지만 희극 작가는 희극 작가인 동시에 비극 작가이기도 하다. 깊이 있는 희극은 비극을 통해 산출되는 희비극인 탓이다. 세상사의 아이러니를 빼다 박은 절묘한 상황, 아이러니를 시대적 증상과 인간 본연의 심연으로 승화하는 페이소스. 아이러니와 페이소스는 유머를 문학적 수준으로 고양시키는 핵심 기제이다. 박지영의 소설에는 역설적인 재치와 핍진한 슬픔이 더해져 완성된 희비극이 있다. 더욱이 그 내용은 '읽는 맛'이라는 미감이 존재한다는 것을 번번이 재확인시켜주는 유려한 문장과 내성적이고 소심한 사람들 특유의 방어적이면서도 대담한, 한마디로 미워할 수 없는 비호감 캐릭터들 속에서 박지영의 트레이드마크라 할 '수동적인 혁명성' '조용한 적극성'을 창조한다. 박지영 소설을 읽는다는 것은 비극과 희극을 동시에 경험한다는 말의 다름 아니다.

꽃샘추위가 한창이던 4월, 덥석 결성된 북클럽은 당연히 박지영 팬클럽이 됐다. 그중에는 박지영 특유의 블랙코미디를 좋아한다는 고급 취미를 가진 남성도 있었고, 낮에는 학교에서 일하고 밤에는 그림을 그린다며 함께하는 내내 입보단 손이 더 바빴던 여성도 있었다. 그리고 그 가운데 박지영 작가가 있었다. 초대 작가로 함께해 달라는 내 청이 받아들여졌던 것이다. 이 소설에 대한 이야기를 처음 들었던 것도 그 자리에서였다. 동네 주

민들이 북클럽에 참여하는 내용이라는 간략한 소개였다. 박지영 작가가 앞으로 1년 뒤에나 나올 책을 홍보하자고 그런 얘기를 꺼냈을 확률은 거의 제로에 가깝다. 그럼 왜 그 얘기를 꺼냈느냐. 그날의 분위기가 박지영 작가가 집필 중이라는 그 소설, 그러니까 바로 이 소설 『복미영 팬클럽 흥망사』에 등장하는 북클럽과 꼭 닮았다는 반가움 때문이었을 것이다. 아닌 게 아니라 대단지의 아파트 상가에 위치한 그 '바'에서 보낸 시간은 동네 북클럽이 아니면서도 동네 북클럽 같은 편안함을 주었다. 물론 두 개의 북클럽 사이, 닮은꼴에 대한 진짜 의미를 알게 된 건 그날로부터 14개월이 지난 지금 이 순간이지만.

실패한 덕후 복미영의 자기 돌봄

『복미영 팬클럽 흥망사』의 주인공은 단연 복미영이다. 소설을 읽은 사람이라면 그의 머릿속엔 틀림없이 서로 다른 복미영들이 통합되지 않은 채

봉두난발 형국으로 흩어져 있을 것이다. 생각나는 대로 무심코 떠올려봐도 한둘이 아니다. 가장 먼저 생각나는 건 '쓰레기'만 좋아하는 복미영. 처음부터 '쓰레기'를 고르는 건 아니지만 결국에는 '쓰레기'로 판명 나는 사람들만 골라서 좋아하니 복미영의 애정이 일관되게 '쓰레기'로 향한다는 주장도 완전히 틀린 말은 아닐 것이다. 그건 곧 복미영의 쓰레기됨을 증명하는 것일까? 성급한 판단은 유보하고 몇 가지의 특성을 더 떠올려보자. 헛다리 짚는 복미영, 덕질하는 복미영, 남들 시선 아랑곳 않고 자기 맥주에 침 뱉는 복미영, 역조공하는 복미영, 버리기 아티스트 복미영, 그래도 되는 복미영…… 세상 사람들이 찌질하고 우습다는 말 대신 사용하는 모든 형용사가 복미영을 설명하기 위해 존재하는 듯 복미영은 실패한 덕후이자 가까이하고 싶지 않은 괴짜로서 더할 나위 없이 완벽한 캐릭터의 현현이다.

타인의 눈으로 바라보면 조금 다를까. 약간의 연민이 가미되기는 하나 대동소이한 편이다. 주변 사람들 눈에 비친 56세 복미영의 사람됨은 이러하다. 다 좋은데 경솔한 사람, 그리고 섣부른 사람. 한마디로 보상 없는 대상만 골라 성급하게 좋아하고 경솔하게 마음까지 내주는 사람. 시도 때도 없이 "헛짓거리"를 일삼으며 "헛발질"(29p)만 해대는 실속 없는 사람. 타인의 눈이 아니라 복미영 자신의 눈으로 바라본 복미영도 별로 다를 바가 없다. 핵심은 언제나 사람 때문에 문제라는 것이다. 그러나 사람 좋아하는 일을 멈출 수 없다는 게 더 문제. 열다섯 살에 데이빗 보위의 팬이 된 이래 한 번도 누군가의 팬이기를 쉬어본 적이 없는 복미영이 40년 넘는 세월 동안 유일하게 꾸준히 지켜온 건 누군가의 팬이라는 정체성뿐이다. 그런 복미영이 시험대에 오른다. 복미영을 딜레마에 빠뜨리기 위한 시련이 다가오는데 바로 복미영이 덕질하던 W가 대형 사고를 친 것이다. 음주 운전에 뺑소니로도 모자라 불법 촬영물과 관련된 메신저 단체방 멤버였다는 것까지 발각됐으니, 제아무리 덕질 인생 40년 경력을 자랑하는 복미영이라 할지라도 탈덕을 피할 도리가 없다. 탈덕과 함께 팬으로서의 정체성에 환멸을 느낀 복미영은 이내 "나 같은 것"의 늪에 빠진다. 자괴감과 자기 환멸로 자존감이 바닥까지 내려간다.

그러나 죽으란 법은 없다더니, 부정당한 복미영 인생에 재기의 기회가 온다. 세상만사에 변화가 있고 변화의 중심엔 임계점이 있듯 'W 사건'은 복미영의 삶을 근본부터 바꾸는 임계점이 된다. 마음을 고쳐먹은 것이다. "나 같은 것도, 아니 어쩌면 나 같은 거라서, 오히려 팬이 있어야 하는 거 아닐까?"(38p) 복미영은 코페르니쿠스의 전환과도 같은 발상의 대전환을 이뤄낸다. 천동설의 시대가 가고 지동설의 시대가 오며 세계와 나의 관계가 왜곡 없이 정립된 것처럼 복미명 인생에 있어 스타의 시대가 가고 바야흐로 자신의 시대가 온다. 이제 스타인 그 사람이 아니라 팬인 자신이 중심이다. 더군다나 이렇듯 전환은 거대한 스케일에 비해 들이는 에너지는 별로 높지 않아 극강의 효율성마저 자랑한다. 덕력을 그대로 보존하면서도 방향만 바꿨기 때문이다. 누군가의 팬이기만 했던 복미영은 자신에게 팬을 선물한다. 이름하여 복미영 팬클럽. 스타가 있어야 팬이 생기고 팬이 있어야 팬클럽도 있다는 생각은 한낱 고정관념일 뿐. 복미영은 그런 조건과 순서 따위 개의치 않는다. 팬클럽이 있으면 팬이 생기고, 팬이 있으면 스타도 태어나는 법. 그럼 누가 복미영의 팬일까? 복미영이 선택하는 사람! 복미영이 못할 일은 없다.

그렇게 대단한 팬이었던 내가, 못할 일은 없었다. 그런 대단한 내가 내내 다른 사람의 팬만 되어주었다니, 새삼 억울하기도 했다. 그렇다면. (39p)

누군가를 열렬히 좋아하는 마음은 드물고도 귀한 것이지만 그것이 자신을 소외시킬 때, 좋아하는 마음에 노선 변경이 필요하다. 그날의 탈덕이 가져온 변화는 복미영이 자기 인생의 결핍을 직면하게 했다는 데 의미가 있다. 그런데 여기서 한 번의 트위스트가 더 일어난다. 복미영 팬클럽 창단 이후 복미영이 감행한 것이 다름 아닌 역조공 이벤트이기 때문이다. 복미영은 자신을 비난하는 한 사람 '멍든 하늘'을 위한 역조공 이벤트에 나선다. 멍든 하늘이 누구인가. 복미영이 탈덕 선언문을 공표한 뒤 W의 굿즈를 중고거래 시장에 내놓았을 때, W의 가치 하락을 막기 위해 굿즈를 몽땅 구입하는가 하면 탈덕하는 복미영의 팬 자격을 운운하며 모욕한 사람이 아닌가. 복미영이 복미영의 팬클럽이 되어주는 이 소설이 가장 먼저 복미영을 혐오하는 한 사람을 찾아가는 것은 자신을 사랑해야겠다고 깨달은 복미영이 행하는 자기 돌봄이다. 자기 돌봄의 핵심에 있는 것이 바로 관계 개선이기 때문이다. 복미영이 참여하고 있는 동네 북살롱 역시 커뮤니티를 통한 자기 돌봄의 한 실천이다.

돌이켜보니 그날의 하이라이트는 박지영 작가가 북클럽에 참여한 자신의 팬을 위해 한눈에 봐도 정성껏 포장했음에 틀림없는 선물을 하나씩 증정하던 장면이었다. 이른바 "역조공". 흔히 북클럽이 평등한 관계의 모임이라면 (작가가 참여할 때조차도 무게는 한쪽으로 기울어지지 않는다.) 팬클럽이란 태생부터 한 사람의 무게가 수십, 수백, 수천, 아니 수만……의 무게와 맞먹는 비대칭 관계가 본질이다. '복미영 팬클럽'은 반대다. 팬클럽이라는 형식을 그대로 가지되, 팬클럽 본연의 역학을 전복함으로써 비대칭 관계를 대칭적 관계로 만든다. 팬이 스타를 선택하고 추종하는 관계에서 스타가 팬을 선택하고 추종할 때, 사랑의 세계에서 불문율처럼 여겨지는 문장, "더 많이 사랑하는 사람이 약자"라는 명제는 힘을 잃는다. 복미영 팬클럽의 세계에서 팬, 그러니까 더 많이 사랑하는 사람이 약자라는 말은 성립되지 않는다. 『복미영 팬클럽 흥망사』는 약자들의 고통을 착취하고 정당화하는 무례하고 이기적인 세상에 찬물을 끼얹는 한 편의 전복사다. 그날의 박지영 북클럽은 복미영 팬클럽의 혁명성이 실현되는 자리였다. 작가는 그 순간, 이 소설을 소개하는 것이 아니라 이 소설을 살고 있는 것이었다.

동네북살롱은 인생 수선 기지

복미영의 1호 팬은 김지은이다. 정확히 말하면 1호 팬으로 낙점된 사람이 김지은이다. 김지은의 눈에 비친 복미영은 "스스로를 우습게 만드는 데 열과 성을 다하는 타입"이다. "원치 않는 팬 서비스를 남발하는 사람"이자 "자기 주도형 팬클럽을 만들고 그것을 혼자만의 비밀로 간직하지 못한 채 누군가에게 발설하고야 마는 사람"(58p)이기도 하다. 생각보다 더 말이 없고 수줍은 사람. 사람에 대한 경계가 심해 보이는 복미영이 유일하게 대담해질 때라고는 자신이 마시던 술잔이나 커피잔에 침을 뱉을 때뿐이라고 생각될 정도로 앞뒤가 맞지 않거나 앞뒤가 아예 없는 것처럼 보이는 사람. 그러나 이상하고 알 수 없는 복미영의 역조공 이벤트에 동참하는 것 또한 김지은이다. 김지은만의 고유한 재능이 있었으니 "좋아하지 않아도 좋아하는 척하는 재능"(52p)인 탓이다. 신통할 정도로 '쓰레기만' 골라내는 데 특화된 복미영이 어쩜 자신에게 이토록 최적화된 상대를 알아봤을까. 두 사람의 만남은 '동네북살롱'에서 이루어졌다. 복미영의 자기 돌봄 프로젝트는 그가 속한 동네북살롱과 함께 진행된다. 동네북살롱은 더 많은 복미영들의 자기 돌봄 프로젝트가 실현되는 현장이다.

동네북살롱은 실존적으로 혼자인 사람들이 자기 삶의 변화를 도모할 수 있는 작지만 구체적인 혁명 조직이다. 처음부터 그런 '특수 조직'이었던 건 아니다. 문화 활동가 방해진이 살롱지기로 있는 동네북살롱은 영화에서 본 살롱문화에 매료된 방해진이 자신의 거주지 인근에 연 문화 공간으로 전시회나 강좌, 바자회를 비롯해 영화 상영도 한다. 그러나 그런 활동으로 운영비가 충당될 리 없으므로 지역문화 활성화 사업의 지원금에 의존하는 방해진은 지원금 유지를 위해 북클럽 운영을 기획한다. 눈에 보이는 성과이기 때문이다. 그러나 '얌전하게' 책만 읽진 않는다. 동네북살롱에서는 여러 가지 변혁적 실천들이 취미의 탈을 쓰고 이뤄진다. 이를테면 마음에 안 드는 결말을 다시 쓴다거나 북클럽에서 나오는 얘기의 저작권을 모두에게 귀속시킨다거나 하는. 열린 결말들을 닫아버리는 '열린 엔딩 닫기 북클럽'에서는 누구나 자신의 방식으로 결말을 만들며 이야기의 완전한 주인이 된다. 북살롱에서 나눈 사적인 이야기들을 밖에서 떠들어도 되지만 주어는 바꾸어 그 사람을 보호하되 모두가 이야기의 주인이 되는 것이다. 누구의 이야기도 아닌 동시에 모두의 이야기가 되게 하는 '이야기 공동 소유' 규칙에 따라 북살롱은 '한 몸'이 된다. 낮말은 새가 듣고 밤말은 쥐가 듣는다는 우려 속에서도 들었던 얘기를 옮기고 싶어 만들어 낸 궁여지책일 테지만, 무슨 소용인가. 타인의 이야기를 사는 건 작가들이나 할 수 있는 일이되, 이 북클럽에서는 모두에게 그런 일이 가능하다.

압권은 관념적 아티스트 웨이 프로젝트다. 자신의 특징을 골라잡아 예술가가 되어보는 것이다. 예술의 세계가 주는 자기 돌봄의 미학이 있다. 첫째, 예술에는 정답이 없을 뿐만 아니라 정답은 예술과 배치된다. 둘째, 예술은 일상적 차원의 세속적 가치를 전복할 수 있는 체계가 된다. 셋째, 예술은 현실을 변용한다. 그 바꿈을 통해 현실의 제한이나 한계를 넘어설 수 있다. 그러나 일상을 예술로 고양시킨 뒤 그렇게 만들어진 예술을 일상의 차원으로 다시 변환하는 것이 이 소설의 탁월한 미덕이자 박지영의 '쓸모 있는 예술론'이다. 북살롱 회원 중 한 명인 책 수선 전문가 분홍 씨, 자칭 수선의 대가 분홍 씨는 버려진 헌책을 수선하거나 해체하고 다시 묶어 새로운 형태로 복원하는 책 수선 모임을 운영하는데, "책을 원래의 기능과 형태대로 복원하는 것뿐 아니라 아예 다른 오브제로 바꾸는 것도 이 북클럽에서 허용되는 수선의 한 방법"(75p)으로 인도한 사람이다. 책을 그저 팬심을 가지고 바라보고 추종하는 것이 아니라 수선하고 고쳐서 다른 목적을 가진 사물로 바꿀 수 있다는 데에는 무게중심을 책이 아닌 책을 소유한 나에게 두는 관점이 담겨 있다. 동네북클럽, 나아가 동네북살롱은 세계의 중심이 타인과 바깥에 맞춰져 있는 사람들이 그 중심을 자신에게로 옮기게 하는 일종의 '위치 조정' 모임이다.

14개월 전, 한 통의 전화와 함께 박지영 북클럽의 불씨를 당긴 선배에게도 북클럽은 삶의 변화를 위한 추진체였을지 모른다. 복미영에게 1호 팬으로 지목당한 김지은처럼 남들의 잣대와 평가의 문턱 앞에서 좌절하느라 못다 완성한 꿈이 있었을 수도 있을 것이다. 선배는 무엇의 예술가였을까. 선배가 닫고 싶었던 열린 결말, 마음에 안 드는 결말은 무엇이었을까. 그러니까 선배가 수선하고 싶었던, 전혀 다른 오브제로 만들어버리고 싶었던 인생의 사물은 어떤 것이었을까. 그리고 이 모든 질문은 오롯이 그날 그 자리에 함께한 사람들과 나에게로 향하는 질문이기도 하다. 소설을 다 읽어도 복미영이 어떤 사람인가에 대해서는 영 대답을 못 하겠다. 그가 좋은 사람인지 아닌지, 황당한 사람인지 아닌지, 무엇보다 자기 인생에 만족하는 사람인지 아닌지 모르겠다. 그러나 그런 질문에 대답하는 것보다 훨씬 중요한 것이 있다. 어쩌면 유일하게 중요할 수도 있는 것. 복미영은 자기 인생을 수선하기 위해 투쟁하는 사람이라는 것이다. 『복미영 팬클럽 흥망사』가 홀로 애쓰고 있는 인간들에 대한 문학혁명사라는 것이다.

작가의 말

입덕 선언문

아주 긴 입덕 부정기를 지나 이제야 고백하건대, 나는 소설이 좋다.

때로는 소설이 나를 왜 이렇게 사랑해, 라고 뻔뻔하게 생각하기도 한다. 물론 나는 자주 내 소설이 마음에 안 들어서 의기소침하고 무기력해지지만 그건 나의 문제일 뿐, 소설은 언제나 나를 한결같이 담대하고 공평하게 사랑해준다. 어떻게 그럴 수 있지? 그건 소설을 사랑하며 읽고 쓰는 많은 독자들, 이야기의 팬들이 소설에, 그러니까 나의 최애에게 만들어준 선한 영향력 덕분이 아닐지.

복미영의 이야기를 쓰며 내가 바라는 건 하나였

다. 이 소설을 읽고 단 한 명이라도 복미영의 팬이 되는 것. 그러나 그것은 나의 소심한 바람일 뿐, 복미영은 자신이 운전하는 차의 옆자리에 앉아 제 이야기를 경청해주는 독자에게라면 용맹하고 경솔하게 먼저 이렇게 말할 것이다. 너 나의 팬이 되어라. 그리고 부디 지금부터 내가 나의 팬을 위해 준비한 작고 다정한 역조공 이벤트를 받아주길 바라. 그리고 나 역시 당신의 팬이 될 수 있도록 당장 너의 팬클럽을 만들어라.

나는 내가 못 하는 것들을 복미영이 해서 좋다. 나는 여전히 운전을 못 하고 (이 소설을 다 쓸 때까지 꼭 내가 운전하는 차를 타고 부곡하와이에 가고 그 여정을 소설에 담아야지, 했는데 그것을 못 했고) 형광등 안정기 교체도 아직 안 해봤다. 그런데 (못) 하고 (안) 해본 것이 많아서, 나중을 지금으로 불러낼 수 있어서, 앞으로 쓰고 싶고 써야 하고 쓸 수 있는 소설도 많다고 생각하면, (못)하고 (안) 되는 것들이 꽤나 새롭고 즐거운 '나중에'를 위한 수많은 열린 엔딩의 맥거핀 같아서 신나는 놀잇거리를 잔뜩 가진 것처럼 두근두근하다.

긴 세월이 지나 복미영과 함께 해보고 싶은 일들이 아직 많다. 그 중에는 10년 후에 쓸 복미영 팬클럽 부흥회가 있다. 그리고 또 10년 후에는 복미영 팬클럽 해단식이나 탈덕 선언문을 쓰게 될지도 모르겠다. 그렇게 내 소설 속 인물과 같이 나이 들어가는 나중은 얼마나 재미있는 곳일까. 궁금하다면 꼭 같이 지켜봐주세요.

이 소설을 쓰기 전 구상 단계에서 한 번, 쓰면서 한 번, 두 번의 북클럽 모임을 가진 적이 있다. 이 소설에는 그때 북클럽에서 나누었던 이야기가 들어가 있다. 나는 가능하면 크게 다르지 않게, 그때 들려드린 일화를 소설 속에 그대로 넣고 싶었다. 왜냐하면, 이 소설은 나 혼자가 아닌 나의 고마운 북클럽 멤버들이 같이 쓴 소설이어야 한다고 생각했기 때문에. 참고로, 열린 엔딩 북클럽은 상시 회원 모집 중입니다.

고마운 분들이 많다. 책을 쓰고 낼 때마다 고마운 분들이 늘어나는 건 참으로 기쁘고 감사한 일. 늘 애정 어린 마음 전해주시는 윤희영 팀장님과 비로소 책을 내게 되어 '두근두근'합니다. 함께 책

만들어주신 현대문학분들과 근사한 표지 입혀주신 윤석남 선생님께도 감사드립니다. 그리고 해설을 써주신 박혜진 평론가님. 제가 이렇게 넘치게 다정한 해설을 받아도 되나, 한없이 부끄럽다가 (나)를 빼고 까짓것, 감사히 덥석 받습니다. 그게 복미영 팬클럽 1기 팬의 태도일 테니까요. 그날의 북클럽 모임이 이 책을 완성해주었어요.

  내 소설이 낮아 귀하고 외로워 다정한 것들에 대한 입덕 선언문으로 읽히길 바라며.

  다 쓰고 나서야 나는 이 소설은 은조를 위해 쓰여야 한다는 걸 알았다.

  어떤 건 쓰고 나서야 알게 된다. 그러므로 계속 쓸 것. 나중의 나는 여전히 쓰는 사람일 것.

복미영 팬클럽 흥망사

지은이 박지영
펴낸이 김영정

초판 1쇄 펴낸날 2025년 7월 25일

펴낸곳 (주)현대문학
등록번호 제1-452호
주소 06532 서울시 서초구 신반포로 321(잠원동, 미래엔)
전화 02-2017-0280
팩스 02-516-5433
홈페이지 www.hdmh.co.kr

ⓒ 2025, 박지영

ISBN 979-11-6790-315-0 04810
　　　978-89-7275-889-1 (세트)

* 책값은 뒤표지에 있습니다.

현대문학 핀 시리즈 소설선

001	편혜영	죽은 자로 하여금
002	박형서	당신의 노후
003	김경욱	거울 보는 남자
004	윤성희	첫 문장
005	이기호	목양면 방화 사건 전말기—욥기 43장
006	정이현	알지 못하는 모든 신들에게
007	정용준	유령
008	김금희	나의 사랑, 매기
009	김성중	이슬라
010	손보미	우연의 신
011	백수린	친애하고, 친애하는
012	최은미	어제는 봄
013	김인숙	벚꽃의 우주
014	이혜경	기억의 습지
015	임철우	돌담에 속삭이는
016	최 윤	파랑대문
017	이승우	캉탕
018	하성란	크리스마스캐럴
019	임 현	당신과 다른 나
020	정지돈	야간 경비원의 일기
021	박민정	서독 이모
022	최정화	메모리 익스체인지
023	김엄지	폭죽무덤
024	김혜진	불과 나의 자서전
025	이영도	시하와 칸타의 장—마트 이야기
026	듀 나	아르카디아에도 나는 있었다
027	조 현	나, 이페머러의 수호자
028	백민석	플라스틱맨
029	김희선	죽음이 너희를 갈라놓을 때까지
030	최제훈	단지 살인마
031	정소현	가해자들
032	서유미	우리가 잃어버린 것
033	최진영	내가 되는 꿈
034	구병모	바늘과 가죽의 시詩
035	김미월	일주일의 세계
036	윤고은	도서관 런웨이